다크네임 걸

닉네임 걸

나의 이름을 찾아서

박윤우

글라이더

머리말

    이 책은 청소년들이 꿈을 찾거나 자신의 진로를 구체화하고 바로잡는데 도움을 주고 싶다는 소박한 마음에서 출발했다. 그러나 그 기간과 과정이 길어지면서 다양한 자료들을 찾아보게 되었고, 매력적인 인물들도 만나게 되었다. 오랜 시간을 보내고 이 책을 탈고하면서 다른 어떤 책보다 더 설레었고 어떤 때보다 단단해졌다고 말할 수 있다. 그리고 이 여정을 청소년 독자들과 나눌 수 있다고 생각하니 너무 고맙고 행복하다.

    이 글에는 다양한 직업과 멘토들이 등장한다. 멘토들은 진로와 직업에 관한 관심을 이끌어주기도 하고 청소년들이 자신의 직업관을 완성할 방법을 제시해주기도 한다.

글 초반에 등장하는 두 명의 주인공 '꼭지 아마조네스'와 '분노의 아가리'는 자신의 본능에 충실한 캐릭터들이다. 늘 멋대로 사건, 사고를 내서 엄마의 꼭지를 돌게 하는 감정덩어리 '꼭지'와 불평 불만을 달고 사는 '아가리'는 어둠의 골짜기에서 휴대폰이 박살나는 수모를 겪는다. 우여곡절 끝에 새로 산 휴대폰으로 가족신문, 직업 신문을 만들면서 이들은 각자의 삶을 돌아보고 많은 생각을 해보게 되었다.

여러 핑계를 대며 시험공부마저 미뤄두던 둘은 진로 선생님과 직업박람회에 가게 되고 그곳에서 각계각층의 멘토들을 만난다. 두 주인공이 직업박람회 부스를 돌아다니며 얻게 된 것은 진로와 직업에 대한 다양한 지식만이 아니었다. 사회와 미래, 노동에 관한 가치관을 바로 세우는 것이 가장 중요한 일임을 깨닫게 된 것이다.

이 글은 ① 멋대로 기질이 강한 주인공 꼭지와 아가리가 수행평가를 준비하는 과정에서 겪게 되는 직업관련 에피소드, 이를 잘 해내기 위해 최신 휴대폰을 구입하게 되는 부분.

모바일 게임을 신나게 즐기다가 폰을 압수당한 꼭지는 국어 수행 과제로 가족신문을 만들 수 없게 되자 통장에 있는 돈을 털어 마음대로 새 폰을 산다. 그리고 어둠의 골짜기(자신의 집)를 탈출하기로 결심한다.

② 식용곤충으로 벤처기업 창업에 성공한 대학생 이수민을 탐방하면서 주체적으로 인생관을 세워야만 어둠의 골짜기를 벗어날 수 있음을 자각하는 부분.

③ 진로 선생님의 추천으로 진로박람회에 참가해서 특별한 직업 멘토를 만나 다양한 직업을 알게 되고 미래 사회의 모습을 예측해 보는 부분.

직업 흥미 이론을 만든 홀랜드 직업상담사, 작곡가에서 훌륭한 음악 선생님으로 활동영역을 확장한 올란드 음악선생님, 요리사보다 더 전문적인 요리예술사 김다경 선생님, 백정이라는 천민 신분에서 최초의 서양 의사가 된 박서양 선생님 등을 만나는 부분이다.

④ 직업의 사회적 의미와 나눔을 배우는 마지막 부분.

이 부분에서는 직업이 단순히 돈벌이나 명예를 얻기 위한 수단이 아니라는 것을 깨닫게 된다. 이는 다크네임으로 존재하던 미성숙한 자아들이 사회적 의미를 얻게 되는 과정이라는 것이다.

나는 시간에 쫓기는 청소년 독자들에게 이 글의 차례를 살피고 자신이 필요한 부분을 골라 읽어도 된다는 말을 사족으로 남긴다. 학교생활이 마치 스탠딩 책상을 옮기고 있는 것처럼 무의미한 일상의 반복이라고 생각하는 청소년이라면 꼭지와 아가리의 일상만을 찾아 읽어도 공감을 할 수 있을 것이다.

미래를 준비하는데 조언을 얻고 싶다면 7장 '관심과 흥미만으로 직업이 될 수 없어요', 8장 '적성에 맞는 직업 어떻게 찾죠?', 9장 '내가 꿈꾸는 직업, 사라지면 어쩌죠?'를 읽어보기 바란다. 또 직업의 역사와 독특한 직업이 생긴 에피소드 등을 알고 싶다면 14장 '직업의 완성, 사회적 의미를 생각해요' 나 15장 '레스토랑 이야기' 등을 읽어보면 좋겠다. 미래사회와 직업의 미래 전망 등을 알고 싶다면 12장 '인공지능, 로봇과 함께 살게될 우리 미래', 13장 '미래 직업 어떻게 바라볼까?'를 살펴보라고 조언해주고 싶다.

자기 삶의 주인으로 사는 것이 진정한 자기 이름을 얻게 되는 때라는 것, 그리고 그때가 언제이든 포기하지 않는다면 결코 늦지 않다는 것을 독자들과 공유하고 싶다.

2026년 3월 종이골에서

박윤우

차례

1
우리집
다크네임

조리개가 열리자 '어둠의 마녀' 얼굴이 화면 안으로 스르르 들어왔다. 화질로 봐선 분명 최신폰이다. 주운 폰이라 군데군데 손때가 묻어있지만 이 정도면 만족이다. 찌질했던 내 옛 폰보다 화소가 몇 배나 많으니 해상도 높은 멋진 사진이 나올 것이다. 광대뼈 근처 작은 기미 자국과 주근깨, 눈가 주름과 귀 밑 흰머리까지 어쩜 이리 선명할까? 갖고 싶다 이 폰.

그나저나 우리 집 마녀는 아주 오랫동안 공을 들여야 하는 얼굴의 소유자다. '뽀샤시 앱'으로 보정하지 않아도 충분히 예쁜 우리반 반장 엄마와는 영 딴판인 거다. 어쨌든 이 폰의 주인이 제발 기억상실증에 걸려 자기 폰을 찾으러 오지 않았으면 좋겠다. 제발!

'찰칵!'

드디어 마녀의 모습을 담는 데 성공. 이제 내 실력을 본격적으로 보여 줄 때가 되었다. 카메라 앞에서 시멘트처럼 굳어 있던 마녀가 찍은 사진을 가져와 보라고 손짓했다.

"어디 봐. 이쁘게 나왔니?"

마녀는 멀뚱하게 서있는 자신의 얼굴이 못마땅한지 입맛을 다셨다.

"다시 찍어 봐. 신문에 낼 얼굴이 너무 엉망이잖아."

뭐래? 실제 얼굴과 똑같이 나왔는데.

"똑같은데 뭘."

"똑같긴. 이게 진짜 내 얼굴이라고?"

사람들은 자신에 대해 과대망상에 사로잡혀 있다더니 마녀도 예외는 아닌 모양이다.

"사진은 정직했어. 이 모습이 진실이라고."

"광대가 승천하겠다. 너무 못생겼네."

"엄마, 그래서 좋은 폰이 필요한거야. 내가 엄마 얼굴을 탤런트 뺨치는 얼굴로 만들어 줄 수 있다니까."

앱을 깔면 새로운 사람으로 얼마든지 다시 태어날 수 있는데 슈퍼에서 파나 다듬는 마녀가 알 리 없지. 그러니 나는 거금을 주고라도 최신폰을 사려고 하는 거다.

"똥을 싸라. 맨날 큰소리는… 아무튼 가족 신문에는 좀 멋진 사진으로 올려."

화면 속 마녀의 얼굴을 손가락으로 확대해 보았다. 쉽게 견적을 낼 수 없는 기묘한 얼굴이다. 오래된 파마머리는 사자갈기처럼 뻗쳐 있다. 콧구멍은 오백 원짜리 동전 하나쯤 거뜬히 들어갈 만큼 한껏 벌어져 있다. 터져 나오려는 웃음을 억지로 참으려는 듯 입술은 잔뜩 모아져 있다. 누가 보면 뽀뽀하려는 것 같다. 그나마 앞니가 보이지 않아서 다행이다. 이쑤시개가 뚫고 지나갈 만큼 벌어진 앞니인데도 교정 따윈 생각도 못한다. 그놈의 돈, 돈이 항상 문제라니까.

다크네임 '어둠의 마녀'.

툭 튀어나온 광대뼈와 큼직하지만 휘어있는 코. 벌어진 치열을 자랑하니까 마녀가 아니면 뭐겠어? 진짜, 이름 한번 기막히게 잘 지은 것 같다. 외모 때문에 고민이 많을 것 같지만 의외로 마녀는 당당한 측면이 있다. 그건 특별한 게 하나 있기 때문이다. 바로 눈빛이다. 착한 마음이 고대로 묻어나는 눈으로 누군가를 바라볼 때 십중팔구는 상대방이 늘 이런 말을 하곤 했다.

"정말 인상 좋으시네요. 보는 사람 마음도 따뜻해져요."

마녀는 그 말을 듣고는 함박꽃처럼 활짝 웃는다. 사실 웃는다기보다는 얼굴이 터진다는 표현이 정확한 것 같다. 풍선처럼 '팡' 터질 날이 언젠가 오고야 말 것이다.

웃는 마녀의 이마에는 긴 주름이 한 줄 조각도로 파낸 것처럼 생긴다. 게다가 주름은 이마 한 가운데를 점령한다.

에잇, 인심 한 번 쓰자. 까짓것 붓으로 살살 지워버리면 되니까.

문제는 저고리 앞섶을 여미듯 입을 꼭꼭 닫고 웃느라 얼굴과 입이 따로따로 논다는 거다. 벌어진 앞니 두 개가 마음껏 웃으려는 마녀의 의지를 가로막고 있다. 세상에 이런 부조화가 또 어디 있을까? 내 베프 '분노의 아가리'에게 그것도 보정이 되는지 물어볼 셈이다.

이번 주 국자쌤은 국어 수행평가로 가족신문과 진로신문 중 하나를 선택해 만들어 제출하라고 했다. 똥폰조차 없어진 나는 될 대로 되라지 하며 과제를 저만치 미뤄두었으나 국자쌤만은 실망시키고 싶지 않았다. 할 수 없이 수행평가를 핑계로 새 폰을 사 달라고 마녀에게 조르는 중이었다. 그리고 하필 국자쌤이 나에게는 가족신문 과제 발표를, 아름이(분노의 아가리)에게는 진로신문 발표를 시킨 것이다. 이래저래 나에게는 새 폰이 필요하게 생졌다. 수행평가가 내 인생에 뭔 상관인가 룰루랄라 지내던 뺀순이 커플이 하필 임자를 만난 것이다. 다른 과목이라면 모르겠지만 내 사랑 국자쌤인 걸 어쩐다? 과제는 내 자존심 정도가 아니라 내 미래가 걸린 문제가 되었다. 나는 국자쌤의 사모님이 될 사람인 것을.

"엄마아, 제바알… 폰 없이 사느니 차라리 무인도 감옥에서 사는 게 낫다고."

답답한 마음에 조르고 또 졸라도 마녀는 역시 절벽처럼 묵묵부답이다.

"잘 됐네. 그놈의 폰 사라지니 사이다가 따로 없네. 지금도 성적이 바닥을 기는데 좋은 거 사주면 오죽하겠니."

나는 절망에 빠진다. 마녀는 내 말을 딱 3초만 생각한다. 언제부턴가 내 말허리를 싹둑 잘라내고 결론만 말하는 게 버릇이 되어 버렸다.

"아니라니까. 나 이제 말 잘 듣는 콩쥐가 될 거라고. 이번에는 진짜 새 사람이 되기로 다짐했다고."

마녀의 눈동자가 내 얼굴에 머물렀다. 그리고 하나, 둘, 셋 딱 3초 쳐다본다. 그리고는 눈을 깜빡이면서 "안 돼!"라고 외쳤다. 역시 예상은 정확했다.

세상에서 가장 말이 안 통하는 마녀. 작년까지만 해도 나는 덩

치가 큰 엄마에게 짓눌려 금세 포기를 하거나 울음을 터뜨려 굴복하기를 반복했다. 그런데 올해부터 조금 달라졌다. 키가 10센티나 컸고, 가슴 치수도 한 컵 올라갔다. 포기하거나 울음을 터뜨리는 대신 힘을 내서 마녀를 들이받기 시작했다. 절벽 앞에서 발을 동동거리거나 울음으로 포기하지 않고 기어오르거나 뛰어내릴 깡이 생긴 것이다. 이것저것 구구절절 신경쓰다간 결국 마녀한테 지고 마는 거니까. 딸내미 치료비도 대 주지 않을 모진 사람은… 설마 아니겠지?… 아닐 것이다. 턱없는 자신감이라고? 천만에.

발목이 부러진다면? 그땐, 병원가면 된다. 치료비는? 모르겠다. 내 알 바 아님.

한 달 전 아름이네 집에서 처음 파자마 파티를 할 때가 내 성장의 시초였다. 마녀는 외박은 절대 안 된다고 말했다.

"안 돼. 아름이라는 앨 한 번도 본 적이 없는데 어떤 앤 줄 알고 그집에서 재우니?"

"인증샷 보내면 되잖아. 파자마 파티는 사회활동의 일부야. 그걸 반대하는 부모가 어딨어?"

마녀는 계속 아름이가 어떤 아이인지 몰라서 안 된다고만 했다. 나는 아름이가 세상 착한 아이라고, 법 없이 사는 순둥순둥한 아이라고 말했다. 거짓말이라 입이 자꾸 말랐다.

"입에 침은 바르면서 거짓말하는구나. 언제는 분노의 아가리라고 별명까지 붙여서 말하더니."

분노의 아가리는 아름이의 다크네임이었다. 억지부릴 땐 정말… 혀가 내둘러지는 성질, 그게 아름이인 거다. 그걸 마녀가 어떻게 알고 있는 거지. 마녀는 그냥 아랫입술을 내밀고 파만 다듬었다. 결국 나는 서점에 가는 척하고 집을 빠져나와 아이들과 장을 본 뒤 그길로 아름이네 집으로 튀어버렸다.

다섯 명이 모여 밤늦게까지 불닭 떡볶이와 김치볶음밥을 해 먹고 최신 영화를 두 편이나 감상했다. 잠깐잠깐 마녀가 전화하는 건 아닌가, 아니면 우리집 독재자가 문을 벌컥 열고 나를 잡으러 오는 건 아닌가 걱정되어 맘이 편치 않은 건 사실이었다. 불안한 마음에 새벽까지 계속 폰을 만지작거렸다. 하지만 어쩐 일인지 연락이 오지 않았다.

괜히 겁먹었던 건가?

그날 왜 그렇게 1분1초가 고소하고 짜릿하던지, 그렇게 흥미진진하고 재미있는 우리만의 세계가 있다는 걸 모르고 살았다니 웃음 끝에 눈물이 찔끔 나올 정도였다. 애통하고 억울해서 속이 울렁거리기까지 했다. 마녀와 독재자의 손아귀에서 꼭 벗어나자고 다짐한 때가 아마 그때였을 거다.

그날 내가 내린 결론은 웅대했다. 다크네임 '꼭지 아마조네스'

는 '어둠의 마녀'와 '은근 아싸 독재자'의 손아귀에서 벗어나 반드시 아가리 친구들의 세계에 정착할 것이다. 우리집 마녀와 독재자가 효자손을 치켜드는 순간, 재빨리 짐을 싸서 튈 것이다. 마녀와 독재자가 군림하는 '어둠의 골짜기'에서 더는 인고의 세월을 보내진 않을 것이다.

비장한 결심을 하고 난 다음 날 아침, 집으로 향하는 길은 온몸에 힘이 들어가 한걸음 한걸음 떼기가 불편할 정도였다. 하지만 우리 슈퍼는 뜻밖에도 평온하기만 했다.

'어둠의 마녀'와 '은근 아싸 독재자'는 슈퍼에 가득찬 손님들 속에서 웃음 가득한 표정을 하고 대화를 나누고 있었다. 둘의 표정 어디에도 사라진 내 존재에 대한 걱정은 보이지 않았다. 그때 나는 깨달았다. 마녀와 독재자의 왕국에서 나 하나 빠진다고 세상이 바뀌는 건 아니라는 것을. 그러므로 마녀와 독재자가 양보하지 않는다고 가련한 공주처럼 울기만 할 게 아니라는 것을. 때로는 질 걸 알면서도 싸워야 하는 게 이 꼭지 아마조네스의 운명이었다.

"엄마 지금 입고 있는 옷이랑 헤어스타일이 쫌 그래. 내가 예쁘게 뽀샤시 처리해줄게."

"뽀샤시? 그게 뭔데?"

"사진을 예쁘게 고쳐주는 앱이야."

"그런 게 다 있어? 그래서 연예인들이 그렇게 예쁘게 나오는 거로군. 세상 참 좋아졌네."

4차 산업혁명 시대에 내가 이런 미개한 왕국에 살고 있다. 어둠의 골짜기를 빨리 떠나야 할 이유가 하나 더 생겼다.

누가 사진을 찍느냐에 따라 사람 표정이 달라진다고 하는데, 사진 속 마녀의 얼굴은 사진을 찍고 있는 사람, 그러니까 딸인 나를 너무나 사랑하는 표정인 거다. 꼭지가 돌만큼 늘 나에게 당하면서도 마녀는 나를 향해 웃는다. 이상한 일이었다. 환하게 웃는 마녀의 모습이 어느 때보다 환해서 마음에 든다. 이 순간만은 그냥 '엄마'라고 불러줄 마음이 생긴다.

"근데 너, 그 전화기는 어디서 난 거야?"

마녀가 눈을 가늘게 뜨고 나에게 묻는 순간, 한 남자가 슈퍼 안으로 헐레벌떡 뛰어왔다. 한쪽 손에 우그러뜨린 음료수 캔이 들려있는 걸 보니 마음이 급하긴 급했나 보다. 폰을 놔두고 간 사람인 게 분명했다. 나는 그 사람의 폰을 사과와 감이 놓여있는 매대 사이에 살짝 꽂아두고 냅다 달아났다.

2
꼭지 아마쪼네스와
분노의 아가리

"빨리 새 폰 사 줘."

"안 돼!"

더 이상 양보는 없다. 이번에도 마녀의 꼭지가 돌게 생겼는데 국자쌤을 실망시킬 수는 없다. 마녀는 분명히 벽에 걸린 효자손을 집어 들어야겠다고 생각했을 것이다. 말이 통하지 않는 상황이 터졌으니까. 마녀가 효자손을 가지러 안방 침대 쪽으로 뛰어가는 동안 나는 다다다 현관 신발장으로 달려갔다. 신발장에서 키 뭉치를 들고 내방으로 쏜살같이 뛰어들어갔다.그리고는 순식간에 문을 잠가 버렸다.

아슬아슬하게 세이프. 일단 마녀가 손을 뻗을 수 없는 데까지

달아나고 볼 일 아닌가? 우리 가족이 살고 있는 집은 전셋집이니까 마녀가 내 방문을 부술 수는 없을 것이다. 10원짜리 한푼에도 마녀가 벌벌 떤다는 걸 내가 모르겠나? 나와 마녀는 문을 사이에 두고 원시림 속 짐승들처럼 서로 으르렁거린다.

"너 때문에 부모 등골이 남아나겠니? 벌써 몇 개째냐?"

"딴 애들은 모두 최신 폰 쓰고 있다구."

"니가 집에서 설거지를 한번 해 봤니? 동생 기저귀를 한번 갈아봤니? 엄마, 아빠가 슈퍼에서 과자 쪼가리 팔아서 그런 거라도 사 줬으면 고맙게 생각해야지."

"그것도 박살냈잖아. 왜 부수냐고?"

"몰라서 물어? 생각없이 데이터를 다 쓰고, 현질하고, 업그레이드 된 폰을 사달라고 떼 쓰면 어쩌자는 거야? 어떤 부모가 널 감당할 수 있겠어?"

"그래도 이건 수행평가인데, 사진을 찍어야 하는데…."

"엄마걸로 해."

"엄마건 무전기잖아?"

"어쩌자는 거야? 한번 해보자는 거야?"

"……."

나는 말없이 돌아섰다. 벽을 마주한 느낌이 쎄하게 몰려들었다. 좋다. 다른 방법을 생각해보겠다. 나는 침대로 가 벌렁 누워버렸다. 엄마가 열쇠수리공이라도 부르는 날엔? 몰라. 맞아죽기밖에 더 하겠냐고.

약이 바짝 오른 마녀가 문을 힘껏 두드렸다.

"너 지금 발로 문을 찼어? 어디서 배운 못된 버릇이야?"

다크네임 '머리 끄들러'가 깨어나 울음을 터뜨리기까지 마녀는 내 방문 앞에서 으르렁거렸다. 마치 호랑이처럼. 하지만 나에겐 1500곡이나 되는 노래가 컴퓨터에 내장되어 있다.

나는 아무렇지도 않게 이어폰을 끼고 플레이를 눌렀다.

절대 꼼짝 안하고 나는 버텨낼 테니까

거세게 때려봐

네 손만 다칠 테니까

나를 봐

끄떡없어 [1]

오늘은 여기까지 한다.

더 싸워봐야 마녀에게서 나올 게 없을 것 같다.

"아이고, 저 가시나 때메 천불 나 죽겠네."

____

1) 하현우 '돌덩이'

이어폰 볼륨을 최대한으로 올려도 내 촉수는 마녀에게 가 있다. 쿵쾅쿵쾅. 이 소리는 마녀가 답답해서 가슴을 치는 소리다. 벌컥벌컥. 이 소리는 열 받은 마녀가 찬물을 들이켜는 소리다. 나는 냉장고 속 찬물이 되어 마녀의 목구멍을 타고 내려가며 말하고 싶었다.

"폰 사 줘. 제발. 빨리빨리!"

얼마 전까지 내가 쓰던 똥폰은 앱을 몇 개 깔면 통화를 못할 만큼 구닥다리였다. 친구들에게 그걸 내보이면 다들 혀를 찰 정도였다.

"박물관에서 튀어 나온 줄."

"로빈슨 크루소 아니니?"

나는 매일 매일 어떻게 하면 똥폰을 최신 폰으로 바꿀 수 있을까 궁리한다. '화장실 변기에 빠뜨릴까? 아니면 대리석 바닥 같은 데 떨어뜨려 가루로 만들어버릴까?' 이런 고전적인 수법을 고민하고 있을 때 친구들은 일제히 혀를 찼다.

"네 구닥다리 뇌를 어쩔거니?"

"일단 모든 엄마들은 성적에 민감해. 시험 점수를 볼모 삼아 새 폰으로 바꿔 달라고 졸라 봐."

아이들은 그렇게 폰을 바꾼 모양이었다.

공부라…, 난 이 세상을 살아가는데 왜 공부가 필요한지 잘 모르는 사람이다. 하지만 지금, 롸잇 나우 최신 폰을 가지고 싶다. 아주 매우 간절히. 그러니 안 하던 짓을 할 수밖에 없다.

"엄마, 나 이번 시험에서 10등 안에 들 것 같아. 왜 이렇게 공부가 재미있지?"

나는 절친들의 수법을 전수받아 마녀에게 아양을 떨었다. 마녀는 아무 말 없이 생밤을 까서 봉지에 넣을 뿐 별 반응을 보이지 않았다. 내가 딱딱한 밤 껍질을 매만지고 있는 기분이었다.

'도대체 엄마 아빠는 전생에 머슴이었나? 왜 저렇게 쉬지도 않고 일만 하는 거지?'

동네 슈퍼를 하는 마녀와 독재자는 계산대에 앉아서도 쉬는 법이 없었다. 밤을 까서 포장을 하고, 마늘과 양파는 간 다음 냉장고에 쟁여 놓는다. 굵은 파와 가는 파를 구분해 놓는 건 기본 작업이다. 잘 팔리지 않을 물건들을 까고 포장하느라 슈퍼 안에는 늘 매캐한 공기가 떠돈다. 그래서 슈퍼 문을 열고 들어오는 손님들은 '안녕하세요?'라는 인사 대신 재채기를 해댄다. 마녀의 눈을 피해 생밤 안에서 용케 살아난 밤벌레들이 동전 금고 위를 겁 없이 기어다니면 눈 밝은 독재자가 얼른 처단을 한다. 독재자는 엄지

로 밤벌레를 지긋이 눌러 터뜨린 다음 추리닝 바지에 쓱쓱 닦는
다. 자비롭기 그지없는 살생이다. 그 장면을 본 후로 슈퍼 바닥에
구더기 같은 밤벌레가 가득 차는 악몽을 꾸곤 했다. 그래서 마녀
에게 부탁할 게 있을 때나 돈이 궁할 때를 빼고는 슈퍼에 절대로
가고 싶지 않은 거다.

폰 때문에 가게를 수시로 들락거렸지만 마녀는 절박한 내 요
구에 귀를 기울이기는커녕, 나에게 슈퍼의 계산을 맡기고 계속
밖으로 돌아다녔다. 제법 잘 걷게 된 머리 끄들러를 괜히 들쳐업
고 어디를 그렇게 쏘다니는지 모르겠다. 나는 약이 바짝 올랐다.

계산대에 있은 지 두 시간이 지나자 좀이 쑤셔 온다. 나는 계
산대 앞에 놓인 전화기를 들었다. 엄마를 얼른 슈퍼로 끌고 와야
하므로 공부 이야기를 안 할 수가 없었다.

"엄마, 왜 안 오는 거야? 나 기말 준비해야 하는데….."

— 그래, 알았어. 은행만 들르고 얼른 들어갈 거야. 계속 일이
꼬여서 그래.

"새 폰은?"

— 지금은 안 돼. 너 그 얘기 아빠한테 하면 있는 폰도 박살나
는 거 알지?

"왜 맨날 안 된다고만 하는 거야? 내가 욕구 불만으로 죽어도
괜찮은 거야?"

내 목소리는 슈퍼 안에 손님이 있든 말든 3단 고음으로 치고 올라갔다.

—고만 해라. 멀쩡한 걸 왜 자꾸 바꾸겠다고 하는 거야?

"몰라. 금고에서 돈 꺼내갈거야!"

—아빠가 허투루 돈 쓰는 걸 얼마나 싫어하는데 또 발광인거야."

사진도 흐리멍텅하게 나오는 폰으로 가뜩이나 후줄근한 부모의 모습을 담아 가족신문 만들 걸 생각하니 올라간 혈압이 떨어질 줄 몰랐다. 사랑하는 국자쌤한테 좋은 이미지를 계속 쏘아주어야 하는데 인색한 마녀와 독재자가 떠억 버티고 있는 후져빠진 가족신문을 들이밀 걸 생각하니 급기야 혈관이 터지고야 말 것 같았다.

"넌 그것도 과분해!"

벼락같은 소리에 뒤쪽을 돌아보니 진열장 위 볼록 거울로 독재자의 뒤통수가 보였다. 눈앞에서 번개가 번쩍하는 것 같았다. 마녀와 통화를 하느라 배달나갔던 독재자가 돌아온 줄도 몰랐던 것이다. 독재자는 입을 꾹 다물고 나를 노려보고 있었다.

'아싸 은근 독재자'

물 빠진 추리닝 차림으로 나를 노려보던 독재자는 천천히 모자를 벗었다. 모자에 눌려 있던 머리는 슈거 파우더가 뿌려진 머핀 같았다. 독재자도 마녀처럼 나이에 비해 훨씬 늙어보였다. 독재자의 사진첩에서 제 나이로 보이는 건 결혼사진 뿐이다. 동생 머리끄들러를 안고 있는 독재자의 모습은 친손자를 뿌듯이 안고 있는 할아버지의 모습 같았다. 머핀 같은 독재자의 머리를 보자 가족신문이 또 떠올라 머리가 지끈거렸다.

"그거면 됐지? 새 폰으로 얼마나 돈을 집어삼키려고 조르는 거야, 엉?"

"딴 애들은 다 최신 폰으로 바꿨다구. 동영상이나 자료 사진 보내려고 해도 내 폰은 저장이 안 되고 깨진단 말야. 아빤 아무것 도 모르면서."

"너한테 자제력이라는 게 있으면 바꿔줄 수 있지. 근데 하루 종일 게임해서 요금이 삼십만 원이나 나오는 애한테 새 핸드폰을 사주는 미친 부모가 어디있어?"

요금 이야기에 말문이 탁 막혀버렸다. 맞는 말이긴 하다. 나는 발을 탕탕 구르면서 계산대에서 빠져나왔다. 신경질적으로 마구 흔들어 대는 내 두 팔에 계산대 앞에 놓인 약과와 메추리알이 걸 려들었다.

'앗!'

아무리 작은 메추리알도 바닥에 떨어지면 금이 가는 법이다. 깨진 메추리알에 놀란 나는 슬며시 뒤편에서 진열대를 정리하는 독재자를 바라봤다. 조용한 독재자지만 예의없는 손님을 보거나 건방지게 구는 아이들을 보면 안색을 바꾸고 불같이 화를 내곤 한다. 그건 마녀도 혀를 내두르게 하는 행동이었다.

독재자는 표범처럼 시속 100킬로미터로 달려와 내 폰을 빼앗았다. 순식간에 벌어진 일이어서 뭘 해볼 겨를이 없었다. 독재자는 확 낚아채 간 내폰을 단단한 바닥에 있는 힘껏 내던졌다. 물고기 내장처럼 배터리가 튀어나오고 액정 화면은 산산조각이 났다.

"앞으론 이것도 쓰지 마. 넌 자격 없어!"

놀란 나는 울면서 산산조각 난 폰을 주웠다. 일부러 그런 건 아니었다, 절대. 하지만 그것은 다시 살릴 수 있는, 심폐소생술을 할 수준이 아니었다. 독재자는 내 슬픔을 달래 줄 생각은 추호도 없는 듯 매정하게 창고로 획 들어가 버렸다.

똥폰이라고 구박하긴 했지만 허망하게 사망해버린 폰을 바라보노라니 나는 망망대해에 떠 있는 작은 돛단배 같았다. 이틀동안 톡과 문자와 통화가 완벽히 차단된 어둠의 골짜기에서 지내야 했다. PC버전으로 카톡에 의존해 겨우 숨만 쉬었다. 무미건조한 하루하루는 창살 없는 감옥과 같았다. 내가 사는 곳은 어둠, 폰 없이 홀로 지내는 건 지옥. 서럽고 서러워서 나도 모르게 눈물이 흘러 넘쳤다.

'놀려고 그런 것도 아니고 학교 숙제 때문에 사달라는 건데 그

걸 왜 못해주냐고, 흑흑.'

불쌍한 꼭지. 이러면서 나는 눈물을 흘렸다. 하지만 정신을 차려야지. 계속 절망 속에서 허우적델 수는 없었다. 집 전화로 아가리에게 연락을 했다. 신호가 이어지는 동안 내장이 튀어나온 폰을 들여다보고 있으니 또다시 서러움이 밀려왔다.

"분노의 아가리….'

"꼭지 아마조네스, 무슨 일이야? 그리고 이 낯선 번호는 뭐야?"

나는 숨을 길게 내쉬었다.

"우리집 전화야. 오늘 내 똥폰 박살났다."

"헐, 어쩌다가?"

"아싸 은근 독재자가….'

잠깐 침묵이 흘렀다. 아가리가 재빠르게 사태를 파악하는 시간이었다.

"잘 됐네. 새로 사."

"어림없어. 다신 안 사 준대."

"에이, 그런 게 어딨어?"

"우리집에선 흔한 일이야. 괜히 어둠의 골짜기겠니?"

"세상에 이런 일이….'

"어떡하지? 기운이 하나도 안 나."

"음… 나 직업 멘토 오빠 만나러 가는데 같이 갈래?"

"가서 뭐 하게?"

"그 오빠 벤처기업 사장님이야. 내가 인터뷰하면 네가 사진 찍어 줘."

밖에 나가려면 드라이도 해야 하고, 비비크림도 발라야 하고…. 생각해보니 귀찮다. 그냥 소파에 누워 수다나 떨어야겠다.

"너 지금 뭐 해?"

"너랑 똑같은 자세."

나는 북어처럼 정리가 잘 된 내 몸을 훑어보았다. 소파에 누워 있다는 말이겠지.

"빙고!"

"유투브 보고 있지?"

"오, 귀신인데?"

"넌 시간제한 같은 거 없어?"

"시간제한은 무슨! 단식 투쟁이 있잖아. 밥 안 먹는다고 드러누워 버리면 만사 오케이야."

세상에… 이렇게 부러울 수가? 역시 나의 정신적 지주 중2병의 지존 아가리다. 악성빈혈 때문에 어지럽다고 한마디 하면 아가리의 부모님은 꼼짝 못한다. 부럽다. 나도 몸에 지병이 있어야 하나? 딸이 죽음을 넘나드는데 잔소리를 해대진 못할 거 아닌가?

나는 고개를 흔들었다. 얼마전 마녀는 폰질하는 내가 못마땅한지 내 머리카락까지 건드렸다. 이마에 난 여드름이 드러나면 얼굴에 비비크림 바른 게 확 티가 나기 때문에 나는 머리카락으로 온 얼굴을 가리고 다닌다. 특히 여드름을 감춘 윗머리를 건드리는 건 최악이다. 지난 여름에 내 윗머리를 건드린 녀석이 있었다는 걸 마녀가 알 턱은 없었다. 그 녀석을 내가 발로 차고 손톱으로 할퀴어 한동안 반창고를 붙이고 다녀야 했다. 결국 잠자는 꼭지의 코털을 건드리면 마녀라고 해서 예외일 수는 없었다.

"머리 건드리지 말라니깐!"

나는 마녀의 손을 탁 치면서 소리를 질렀다.

"너야말로 그놈의 전화기 좀 그만 만져!"

나는 머리카락을 흩트리면서 으으으 소리를 질렀다. 감정이 금방 끓어오르는 것처럼 격해지고 숨이 막혀 죽을 것만 같았다. 그때 고무공을 굴리며 놀던 머리끄들러가 바스락바스락 기저귀 소리를 내며 내게 다가왔다.

"머, 머, 머…."

고사리 같은 손을 뻗어 내 얼굴을 만졌다. 눈에 검은 눈동자가 가득 차 귀여운 강아지 같았다. 머리 끄들러의 큰 눈이 나를 빤히 쳐다보았다. 마녀의 눈과 꼭 닮은 눈이다. 크고 착해보이는 눈, 마녀의 아들이니 당연하겠지. 그런데 까만 색깔이 이렇게 맑아 보일 수 있나? 나도 모르게 입을 쭈욱 내밀고 뽀뽀를 하려고 했다. 그때 동전지갑만한 작은 손바닥이 내 얼굴에 닿았다. 시원하고 축축한 손. 향긋한 아가 분 냄새까지 나서 기분이 좋아졌다. 달궈진 내 얼굴이 조금씩 식어가는 것 같았다. 하지만 쭈욱 내밀어진 내 입에선 아악 소리가 났다. 방심하는 사이에 동생 머리끄들러의 손이 여지없이 내 머리로 옮겨간 것이다. 우유 먹는 힘이 다 손아귀로 갔는지 내 머리카락을 한 움큼 쥐었다. 다크네임 '똥싸는 머리 끄들러'. 맨날 당하면서도 1미터도 안 되는 동생에게 나는 자꾸 당한다.

아가리처럼 소파에 누워 TV 예능프로그램을 보며 폰질을 할 수 있는 '꿈의 시간'은 내게 오지 않을 것 같았다. 하지만 이대로 있을 수는 없었다. 뭔가 대책이 필요했다.

한 달마다 받는 용돈은 금세 물에 풀어지는 휴지처럼 녹아 없어진다. 그러니까 나는 다음 설날까지 돈을 모을 길이 없다는 거다. 내가 쓸 수 있는 돈은 엄마가 통장에 보관하고 있다. 엄마는 내 통장의 세뱃돈이 미래의 대학 등록금이라고 말하지만 난 그런 거 따윈 관심이 없다. 현재 지금 이 곳이 중요한 거다. 방송이나 인터넷으로 신나게 광고하며 유혹해놓고 미래를 위해 참으라는 게 말이 돼? 나는 고개를 저으며 내 통장을 건드리기로 했다. 난 현재를 즐길 것이다. 그래서 당당하게 새 폰을 살 것이다.

내 미래 금고는 슈퍼의 엄마 금고에 있다. 슈퍼 카운터에 꽁꽁 감춰두고 엄마는 기분 좋은 날 나에게 꼭 이런 말을 한다.

"2억이나 모았다. 우리 부자 딸."

꼭 저런다. 나는 어이없는 표정을 지으면서 엄마를 바라보면 엄마는 진심이라는 뜻으로 어깨를 으쓱한다. 그렇게 믿고 싶은 거겠지. 어쨌든 그 돈은 내가 모은 돈이긴 하지만 또 내 돈이 아니기도 했다. 내 마음대로 뺄 수도 쓸 수도 없는 돈이기 때문이다.

'그렇게 돈이 많이 있는데 새 폰 하나 안 사주는 거야? 짜증나는 마녀, 독재자.'

나는 슈퍼의 금고를 바라보며 생각했다.

'지금이 돈을 쓸 타임이다!'

마녀가 동생을 데리고 은행에 가고, 독재자가 배달을 간 시간이 기회였다. 나는 고무줄로 꽁꽁 묶어 놓은 통장 뭉치를 풀어 내 통장을 찾아냈다. 통장 맨 끝에 적힌 숫자는 2,300,000. 통장을 들고 슈퍼에서 나왔다. 절대 다른 통장에는 손을 대지 않았다. 분홍색 내 통장만 살짝 뺀 것이다. 봉고에 배달 물건을 싣고 있는 독재자와 눈이 마주쳤지만, 슈퍼 안을 훑어보고는 아무 말도 하지 않았다.

나는 내 돈이면서 내 것이 아닌 통장을 들고 은행으로 향했다.

통장과 함께 들어있는 체크카드를 빼서 인출기 앞에 서자 마음이 콩닥콩닥 뛰었다. 언젠가 뉴스에서 본 장면이 떠올랐다. 훔친 카드로 돈을 찾는 복면 쓴 도둑놈.

나는 고개를 가로저었다. 이건 내 이름이 쓰인 진짜 내 통장이거든.

체크카드를 인출기 안으로 밀어 넣었다. 손이 떨렸다. 화면에 비밀번호를 누르라는 글자가 떴다. 비밀번호는 네 자리다. 일단 내 생년월일은 못 쓰게 되어 있다. 긴장해서 단추를 두 개씩 누르기도 하고 미끄러져 계속 수정해야 했다.

'마녀는 내 비밀번호를 뭐로 정했을까? 물론 나와 관련이 있는 수겠지. 그럼 내 폰 번호? 가능성 있다. 하지만 몇 번 바뀌었으니까 정신없는 마녀가 기억하지 못할 거다. 그럼? 우리 집 호수? 아냐, 마녀 생일? 그래!'

막상 비밀번호를 누르자 손가락이 약간 떨렸다. 띵띵띵띵 접촉 음이 들리더니 다음 단계로 넘어갔다. 오올, 비밀번호는 마녀의 생일이었다. 스무고개를 하는 것처럼 짜릿했다. 다음 단계는 승인번호 입력이었다. 승인번호 칸의 수는 여섯자리이다. 이 마지막 고비만 넘으면 최신 폰을 장만할 수 있다.

"하느님, 부처님, 알라님. 이 불쌍한 꼭지 영혼을 굽어 살펴주소서."

또록 소리와 함께 '처리되었습니다'라는 글자가 떠올랐다. 한 번에 이렇게 쉽게 열리다니, 기분이 야릇해진다. 나는 새 폰을 살 것이다. 그리고 어둠의 골짜기를 탈출해서 멋진 어른이 돼야지. 마녀와 독재자가 놀라서 나를 우러러보면 어쩌지?

생각만 해도 고소해서 킥킥 웃음이 나왔다. 불안하고 떨리던 마음은 사라지고 심장이 터질 것만 같았다. 인출기에서 돈을 찾아 휴대폰 매장으로 가는 동안 걸음은 평소보다 몇 배는 빨라진 것 같았다. 저 멀리 휴대폰 매장 앞에서 일찍 온 아름이가 손을 흔들고 있었다. 아름이는 뭔가를 아는 듯 삐뚜름하게 미소를 짓고 있었다.

"성공은 하셨어?"

아름이는 내 팔을 치면서 은근히 물어왔다. 성공을 축하하는 세러머니라 하기엔 쫌 그렇지만 나도 아가리에게 어색한 웃음을 지어 보였다.

토요일인데도 휴대폰 매장 안은 사람들로 북적거린다. 열 살쯤으로 보이는 초등학생은 폰이 개통되자마자 게임을 깔고 있었다. 나와 아름이는 어린애들도 게임중독이라 큰일이라며 혀를 차다가 서로를 바라보았다. 이런 경우가 사돈 남말하고 있네라는 속담에 해당할 것 같았다.

매장 아저씨는 주민등록 등본과 부모님의 동의가 있어야 개통할 수 있다고 했다. 내가 부모님은 긴 여행을 가서서 동의는 얻기 힘들고 등본은 나중에 떼어오겠다고 했다. 안 가져가도 큰 일이 일어날 것 같지는 않아 보였다. 빨리 새 폰을 만져보고 싶은 내 마음을 온 우주가 알고 있다는 듯, 모든 것이 일사천리로 진행되었다.

나는 액정에 덮인 비닐 팩을 확 잡아뜯었다.

"너, 너무 좋아하는 것 아니니? 앞으로 핵전쟁이 일어날지 모르는데?"

아름이가 걱정스러운 얼굴로 말했다.

"내돈 내산이거든!"

인출기 앞에서 느꼈던 껄끄러운 기분은 탄산음료의 기포처럼 사라지고 말았다. 늘 거부당하고 방해받고 강제에 시달리다가 진짜 하고 싶은 일을 해치웠을 때의 기분. 이제야 내가 세상의 주인공이 된 것 같았다.

"핵전쟁이 일어나서 먼지처럼 사라진대도 지금은 여한이 없당."

내가 새 폰을 끌어안고 입을 맞추자 아름이는 진정한 MZ라고 박수를 쳐줬다. 매장 아저씨가 웃으면서 우리를 바라봤다.

"둘이 무슨 좋은 일 있구나?"

"그럼요. 최신폰을 내 힘으로 마련했는 걸요."

"대단한걸? 뭘해서 모았니?"

"뭐, 이것저것…."

세뱃돈이라는 말을 하고 싶지 않아서 사연이 있는 것처럼 얼 버무렸다. 아저씨는 꼬치꼬치 묻지는 않았다.

"그렇게 좋아?"

"네. 말도 마세요."

나는 좋은 티를 전혀 감추지 못하고 말했다.

"게다가 남자 친구 만나러 간답니다."

아가리는 한술 더 떠 거짓말까지 했다.

아무렇지도 않게 내뱉은 아름이의 거짓말에 아저씨는"그거 야말로 더 좋은 일이네."하며 맞장구를 쳤다.

새 폰의 개통 금액은 생각보다 적었다. 돈 만 원에 슈퍼 알바 를 하겠다고 나선 나였는데, 새 폰 개통 비용 100만 원은 왠지 싼 거 같다. 통장 금액 반이 날라갔는데도 아깝다는 생각이 하나도 안 들었다. 참 알다가도 모를 기분이었다. 새 폰을 들고 나온 나는 아름이에게 아이스크림을 사주고 함께 셀카를 찍었다. 아름이와 찍은 사진은 새 폰을 가득 채웠다. 나는 아름이의 진로신문 사진 을 찍어주기 위해 ○○대학교로 가는 지하철을 탔다.

3

벌레가 식량이라고요?
발상을 바꿔요

지하철을 타고 가는 동안 나는 뽀샤시앱을 이용해 사진을 요리조리 뜯어고치고 아가리에게 보여주었다.

"어때, 잘 하지?"

"그러게. 분초마다 실력이 느네. 이런 것도 있어."

아름이가 보여준 건 얼굴을 오이처럼 늘이거나 외계인처럼 보이게 하는 기능이었다. 이런 사진으로 만화같은 캐릭터를 만들어낼 수도 있을 것 같았다.

"오빠가 사장님이라고 했지?"

"대학교 2학년."

"뭐? 천재냐? 한국의 빌 게이츠?"

"아니야. 그냥 평범한데 겁이 좀 없는편."

"진짜?"

"그렇다니까."

"야, 빌 게이츠나 스티브 잡스도 평범했대. 근데 대학생 때 기업을 창업한 거래."

"에이, 그 사람들이랑 우리 오빠랑은 달라."

"가까운 사람들일수록 천재들을 몰라본다잖아. 이 언니가 봐줄게."

"그래. 우리 오빠의 천재성을 잘 알아봐주렴."

전철에서 내려 얼마 안 가 대학교에 도착했다. 본관 건물 옆으로 큐브처럼 생긴 건물이 산학 연구소라고 했다. 우리가 방문할 곳은 야미야미라는 기업이며 미래식량인 곤충으로 먹거리를 만들고 파는 기업이라고 했다. 얼마 전 고소애 초코바, 쿠키, 막대과자 등을 출시했다고 한다.

큐브형 건물 안에는 10여 개의 기업 룸이 있었고 한 사무실에는 또 몇 개의 작은 기업들이 세 들어 있었다. 아가리가 노크를 한 문에는 세 개의 이름이 붙어 있었다. 사회적 기업이라는 타이틀 가운데 '야미야미'라는 로고와 이름이 보였다.

문 안으로 들어가자 눈빛 맑은 오빠가 우리를 보고 먼저 손을 흔들었다.

“얘들아, 여기여기!”

“오빠!”

아가리가 마주보며 손 흔드는 것을 보니 빌 게이츠 오빠인 모양이었다.

“어서 와! 우리 아름이가 직접 오빠를 찾아오다니 영광인걸.”

“우리 사진부터 찍자, 오빠. 여긴 내 친구 꼭지 아마조네스.”

이수민 오빠는 고딩처럼 짧은 머리에 몸집은 작은 편이었다. 아가리와 나란히 선 모습을 보니 묘하게 닮은 구석이 있었다. 장난꾸러기 남매 같은 느낌이었다. 또릿또릿하고 학구적인, 동그란 안경을 쓴 모습을 상상했는데 아이돌처럼 머리를 바짝 세운 모습이 호기심 많은 장난꾸러기 고딩처럼 보였다. 맨날 골골하며 유튜브만 보고 사는 아름이에게 이런 엉뚱한 직업신문 소스가 있었다는 게 신기했다. 분명 국자쌤에게 극찬을 받을 게 분명했다. 마녀와 독재자는 훌륭한 콘텐츠가 아닌가?

아름이는 평소 뒤끝을 늘이는 말투를 싹 바꾸고 인터뷰를 시작했다. 아름이의 진지한 표정을 본 나는 꼭 곤충의 변태를 보는 느낌이었다.

1면 기사 : 뭔가 다른 일을 하고 싶다
– 야미야미 이수민 대표 인터뷰[2]

아름: 안녕하세요. 저는 평범한 중학생인데요. 스물 한 살의 오빠가 기업을 운영하신다는 신문기사를 우연히 보고 이렇게 인터뷰를 하게 되었어요. 먼저 인사 한 말씀 해주세요.

야미야미?! : 맛있는 곤충과 사회적 기업

반갑습니다. ○○중학교 2학년 3반 여러분. 저는 야미야미의 대표 이수민이라고 합니다. 저는 지금 대학교 2학년 학생인데요. 작년 1학기 수업에 환경오염과 사회적 기업에 대한 관심을 가지고 공부를 하던 것이, 지금의 식용곤충 스타트업으로 이어져, 현재 야미야미라는 기업의 창업주가 되었답니다.

우리는 미래의 식량 및 기아문제, 나아가 환경문제 해결은 물론 수익의 일부를 사회에 환원하며 보다 많은 이들의

---

2) 야미 벅스 ○○ 대표를 모델로 한 가상 인터뷰입니다.

삶이 행복해졌으면 하는 마음으로 식용곤충 기반 곤충식품을 개발, 생산, 판매하고 있어요.

아름: 자료를 찾다보니 식용곤충 이야기는 예전부터 있었는데요. 최초로 실행해 옮기신 것 같은데 어린 나이에 대단하신 것 같아요. 식용곤충에 대해 설명 좀?

식용곤충이 뭐야?

식용곤충은 나무를 베어 만드는 방목지나 바다를 더럽히는 양식장을 필요로 하지 않는 고소애라는 곤충입니다. 건물 안의 서랍 속에서도 키울 수 있고 영양소도 풍부한 편입니다. 따라서 식용곤충은 UN이 '작은 가축', '미래 식량'으로 선정 할 정도로 환경오염문제에도, 미래 식량 문제에도 좋은 대안입니다.

이렇게 흥미로운 식용곤충이지만, 아직은 비교적 미개척의 시장이며 아직 세계적으로 이렇다 할 기업도 없고, 식용곤충 자체가 크게 알려져 있지 않습니다. 무엇보다 영양분이 충분해 사람들의 식생활을 풍부하게 할 수 있다는 거예요. 기회만큼 어려움도 많지만, 열심히 개척중입니다.

아름: 자기 길을 개척하는 일은 저로선 아직 엄두가 안 나는데요. 특히 창업을 해서 판매를 하고 그 이익으로 생활하는 일은 매우 힘들 것 같아요. 지금 어떤 심정이세요?

산 넘어 산: 힘들지만 꼭 넘어가야하는 산이에요

창업의 힘든 점은 역시 누군가 만들어놓은 길을 걷는 것이 아니라는 점인 것 같습니다. 내가 새로이 개척하는 것이기 때문에 열심히 찾아보고 공부해보고 시도해보고, 그래도 실패하는 경우도 있고 이런 점이 힘들기도 하고 열정이 생기기도 합니다. 특히, 청년창업 그러니까, 초보자들의 창업이기에 더 힘든 것 같습니다. 이 분야에 큰 경험이 있는 것도 아닌데, 경영부터 자금 조달, 제품 개발, 홍보, 생산 이런 것들을 거의 혼자 하고, 같이 해도 모두 거의 처음이다 보니 너무 힘들죠. 열 걸음이면 갈 수 있을 줄 알았는데 잘 모르는 것들이 많으니까 새로 배워가면서 합니다. 그러다 보니 중간에 다시 산도 보이고 구덩이도 보이면서 생각했던 것 보다 더 많이 걸어야 하고, 이런 점이 힘든 것 같습니다.

그래서, 만약 자신의 진로를 창업으로 생각하고 있다면,

좋은 멘토를 만날 것을 추천합니다. 나의 경우는 ○○대학교 멘토링단 분들, 재학 중인 ○○대학교 창업지원팀의 도움이 컸습니다. 이런 분들을 만나기까지 여기저기 자료도 찾아보고 직접 뵙기도 하면서 방법을 찾아왔어요. 그래서 가장 중요한 건 스스로 방법을 찾으려는 태도라고 말하고 싶어요.

2면 : 사회가 도와줘요/ 창업지원금을 받다

'20** 도전! 드림 ○○투자벤처로드쇼'에서 ○○대 창업선도대학 지원 기업들이 대상, 최우수상, 우수상을 휩쓸었다.

이날 '20** 도전! 드림 ○○투자벤처로드쇼' 본선에 진출한 총 10팀 중 ○○대 창업선도대학이 지원한 기업은 네 팀이었다. 이 중 이수민 야미야미 대표가 '식용곤충을 활용한 건강식품' 개발을 기획하며 대상을 거머쥐었다. 이어서 ○○ 에너지 대표도 '하이브리드 이성준 태양광 발전소' 사업화로 최우수상을 받고, 김승태 TBB 대표도 'LED삽입 스마트 백팩' 아이템으로 우수상을 수상하며, ○○대 창업

지원 기업들이 창업 우수 기업상을 모두 휩쓸었다. 이들은 모두 대학생들이었다.

대상 수상자는 사업화 지원금 3천만 원을 받게 되었는데 대상을 수상한 이수민 야미야미 대표는 "20**년 ○○대의 창업선도대학 멘토링, 사업화지원을 통해 본격적으로 창업을 시작할 수 있었다"라며, "식용곤충은 축산업에 비해 향후 발전가능성 및 시장성이 높아 브라우니, 에너지바 등 시제품 개발에 박차를 가하고 있다"고 말했다.

유엔식량농업기구(FAO)는 인구증가로 인해 향후 벌어질 식량부족을 대비할 수 있는 대안으로 '식용곤충'을 꼽았고, 농림축산식품부는 201*년 60억 원 규모였던 국내 식용곤충 사업이 202*년 1천억 원대로 성장할 것이라고 내다봤다.

현재 ○○대 무역학과 2학년인 이 대표는 식용곤충에 대한 거부감이 있다는 우려 속에서 익숙하게 접할 수 있는 식료품 개발에 심혈을 기울였다.

야미야미는 20**년 12월 식용곤충을 가미한 브라우니, 에너지바 등 간식류를 시장에 처음 내놓았고 6개월간 2만여 개의 판매량을 기록했다. 이어 지난해 12월부터 올해 1월까지 선보인 누에 자양강장 건강식품은 월 100개씩 팔렸다.

창업 후 각종 경진대회에서도 두각을 나타냈다. 식용곤충 사업화에 집중한 이 대표는 농림축산식품부 '6차 산업 사업모델 공모전'(우수상), '아이디어 UP 글로벌 대장정'(특별상), '**대 창업경진대회'(최우수상) 등에서 수상의 영예를 안았다.

– ○○경제신문 산업면

3면: 얌냠,야미야미 제품들

작년엔 건강을 위한 '곤충 에너지바'를 만들었고, 올해는 '곤충 브라우니'를 만들었다. 앞으로도 건강쪽에 특화 된 건강한 식용곤충 먹거리를 만들고 싶어, 계속해서 공부 중이다.

야미야미에서 만든 브라우니는 저칼로리, 저탄수화물, 저나트륨 3저의 부담 없이 먹을 수 있는 간식을 모토로 만들었다. 밀가루와 찰보리를 사용해 브라우니의 쫀득한 식감과 맛도 살렸고, 건강한 식용곤충인 고소애를 분말 형태로 넣어 단백질 함량도 높이고 분말 형태로 넣어 혐오감도

줄였다. 영양학적으로 이번 브라우니는 피로회복과 두뇌 활동 촉진에 좋고, 골다공증 예방에도 좋다.

합성첨가물을 넣지 않고 올리고당으로 단맛을 내어 어르신들이나 아기들의 건강 간식으로 이용될 수 있도록 했고, 아침식사 대용으로도 손색없는 양을 자랑한다. 현재 해썹(HACCAP, 안전관리인증기준)인증을 받은 상태이며, 그 외에도 건강하고 안전한 먹거리를 위해 많은 것들을 준비 중이다.

　아가리와 나는 오빠가 준 브라우니와 에너지바를 가방 속에 잔뜩 얻어서 전철역으로 향했다. 나이를 계산해보니 오빠와 우리는 6살 정도의 차이 밖엔 나지 않았다. 아기가 커서 아장아장 걷게 되는 시간동안 오빠에겐 너무 큰 변화가 있었던 것 같다. 이수민 오빠가 대단하다는 생각이 드는 동시에 내가 너무 좁은 골짜기 안에만 있었던 건 아닌지 반성하게 되었다. 아가리는 맛있다고 봉지를 냉큼 뜯어 아작아작 먹는데 솔직히 나는 손이 가지는 않았다. 꼬물거리는 벌레들이 입에 넣는 순간 살아 움직일 것 같아 께름칙한 기분이 들었기 때문이다.

4
우리 반에만 없는
스탠딩 책상

"아름아, 오늘 어디서 공부할 거야?"

"뭔 공부?"

"기말고사 두 과목 남았잖아. 공부 해야지."

"왜 함? 안 함!"

"이 언니 맘 잡고 독서실 끊을 건데 네 것도 끊어줄게."

게으름뱅이 아가리는 내가 밥상을 차려놔야 움직이므로 돼지 저금통을 털어 미리미리 서둘렀다.

"오호라, 스폰서가 생겼으니 오늘 하루 스터디에 흠뻑 빠져볼 까나? 우리 다이소 앞에서 만나."

스카 이용료를 대주겠다는 내 말에 태도를 싹 바꾸는 아가리가 귀여웠다.

이번 기말고사는 6일 동안이나 계속되었다. 주말까지 끼어있어 꾸물꾸물 긴 장마를 지내는 것처럼 지루하기만 했다. 더위가 몰려오기 전 날씨는 화창하고 선선하기까지 한데 하루하루 구질구질하게 보냈다.

6일간이나 시험 보는 일은 진심 자라나는 새싹들이 할 일은 아닌 것 같다. 잘 먹고 잘 자라는 게 우리같은 새싹이 할 일이지 시험이라는 고문을 이렇게 길게 지속하다니 정말 어른들은 각성해야 한다. 뿌잉.

아가리나 내가 공부를 열심히 한 것은 결코 아니다. 그래도 시험이 고문인 건 맞다. 구독하고 있는 유튜브 동영상이 연달아 업로드되어 다 훑어보면 서너 시간은 후딱 간다. 교과서와 공책은 펼쳐보지도 못한 채 프린트만 한 번 훑어보고 나니 벌써 새벽 5시였다. 잠들면 못 일어날까봐 빡빡한 눈을 비비며 교복을 갈아입었다. 입맛이 없어 밥도 굶고 집을 나서는데 기분이 이상했다. 혓바늘이 돋아 입안은 자꾸 까끌거렸다. 푹 자야할 시간을 빼앗긴 기분이랄까? 아니나다를까 공부한 것도 없고 컨디션은 바닥이어서 인생 최악의 점수를 받았다. 아무리 철딱서니없는 꼭지라도 이건 아니지 싶었다.

내일 시험 볼 건 마지막 두 과목. 이제 공부란 걸 한번 해볼까?

공부를 하려면 마녀와 독재자가 건재한 어둠의 골짜기를 떠나야
한다. 한 달 전부터 근처 독서실 예약이 끝났기 때문에 1일권이라
도 끊으려 하는데 왠지 혼자 가긴 조금 뻘쭘했다.

아가리는 내 전화를 받고 먼저 와서 기다리고 있었다. 한 쪽
다리를 달달 떨며 주위를 두리번거리는 모습이 딱 보기에도 시
험 스트레스랑 관련이 전혀 없는 모습이었다. 가장 부러운 건 헐
거운 가방이었다. 내 가방은 목베개와 손풍기까지 들어있어 터질
것만 같았기 때문이다.

"이쪽 독서실은 1일권도 없어. 동그란 눈들이 뚫어져라 쳐다
보는데 어찌나 민망하던지."

아가리가 말했다.

"뭐야, 그렇게 공부하는 연놈들이 많다는 거야?"

나는 원망스럽게 참조아 독서실을 올려다보았다.

"당연하지."

아가리는 아무렇지도 않게 말했다. 놀라운 건 얘는 어떤 상황
에서도 다 괜찮아보인다는 것이다.

"더존 스카는 자리 있을지 몰라. 그리로 한번 가볼까?"

나는 머리를 쥐어짜며 다른 방법을 생각해보았다. 이왕 어둠
의 골짜기를 나왔으니 무라도 자르고 가야하지 않을까?

"한 군데도 남는 자리는 없어. 이 근처 독서실, 스카는 내가 다

뒤져봤어."

아가리는 이런 면에서 나를 놀래키곤 한다. 생각이 없어서 그렇지 일단 마음을 먹으면 타고난 천재성을 발휘하는 애다. 내 친구 아가리가. 다섯 군데 독서실과 스터디 카페를 돌았다면 30분 전부터 움직였다는 이야기였다.

"헐, 언제 다 돌았냐? 공부 좀 해볼랬더니 지구가 우릴 안 돕는다."

나도 모르게 한숨이 새어나왔다.

"걱정 마. 내가 꿀정보를 가져왔어."

"뭔데?"

"○○정보도서관 자유 열람실."

"야, 거긴 할아버지들이 자리잡고 앉아 하루종일 책 읽는 곳이야."

"아니, 아동실에 책 읽는 다락이란 곳이 생겼어."

"다락방이라고? 이름 참 낭만스럽네. 시험 공부가 가능할까?"

나는 의심의 눈초리로 아가리를 쳐다보았다.

"내 정보력을 못 믿는 거임? 게다가 시험 기간엔 궁둥이 붙이고 공부할 공간이 없어."

맞다.

아름인 일단 마음 먹은 일은 확실히 해낸다. 티를 내진 않았지만 왠지 나보다 아름이가 뭔가 이뤄낼 수 있을 것 같은 기분이 든다. 지난번 일찌감치 제출한 진로신문은 국자쌤이 침이 마르도록 칭찬을 하셔서 솔직히 배가 아팠다.

하지만 놉!

아가리 곁에서 어둠의 골짜기에서만 헤매는 고생 캐릭터는 싫다. 다음 번 방학과제물 대회에 좀더 기발한 걸 내볼 생각이다.

○○정보도서관 아동실에는 정말 새로운 공간이 생겼다. 무지개색 계단 앞에 '책읽는 다락방'이라는 뭉게구름 모양 팻말이 붙어 있었다. 아동실 문을 빠끔히 열자 사서 선생님이 우리를 보고 계셨다. 청소년은 안 된다고 할까봐 조마조마했는데 다행히 아무 말씀도 안 해 가슴을 쓸어내렸다.

나와 아가리는 사서 선생님께 깍듯이 인사를 하고 까치발로 다락방에 올라갔다. 동그란 창문으로 햇살이 쏟아져 들어오고 있었다. 노란색 앉은뱅이 책상도 맘에 들고 새로 깐 마루바닥도 맘에 들었다. 특히 전망 좋은 창 안으로 환한 햇살이 쏟아져 들어오는 게 가장 좋았다.

나는 노란색 앉은뱅이 책상 앞에 앉아 책상 위에 베개와 손풍기를 놓고 프린트와 교과서 자습서 노트 등을 주욱 펼쳐놓았다. 마루바닥에 벌러덩 누운 아름이는 가방을 던져두고 머리맡에 있는 책꽂이에서 그림책을 꺼냈다.

"야, 공부 안 해?"

나는 이어폰을 끼고 아가리를 쳐다보았다.

"워밍업 좀 하고."

"벌써 3시야."

"한 과목당 3시간이면 끝나. 여기서 한 과목 끝내고 저녁 먹고 집에 가서 마저 하면 되잖아."

"그게 맘대로 되냐?"

"아님 말고."

철없는 아름이와 실랑이를 하느니 혼자라도 집중하는 게 나을 것 같다. 이제 공부를 해볼까 둘러보니 과목당 보아야 할 것이 다섯 가지가 넘었다. 머리가 지끈거렸다. 머리만 지끈거리는 게 아니었다. 스카 비용이 굳었으므로 음료수 가게에 잠깐 들러 사 먹은 쿠키 딸기 스무디가 뱃속에서 구륵거리며 요동을 쳤다. 그 와중에 나는 한 글자라도 보겠다고 프린트를 들고 화장실로 향했다. 화장실에 앉아서 프린트를 보겠다는 계획은 물거품이 되어버렸다. 앉아 기다릴 틈도 없이 우르릉 쾅쾅 배설이 시작되었기 때문이다.

다락방에 돌아오니 아름이는 책을 모자 삼아 잠을 자고 있었다. 모자 속에서 낮게 코고는 소리까지 들려왔다. 부럽다. 얼마 전까지 내 모습이었으나 지금은 저렇게 태평하게 살 순 없었다. 나는 삼단으로 빼곡하게 꽂혀진 책들을 돌아보았다. 시험기간이 아니라면 이곳에 누워 아기들 책을 실컷 볼 수도 있을 것이다.

나중에 시험이 끝나면 꼭 다시 와야지 다짐한다. 흠, 한창 신기한 것이 많은 동생 '머리 끄들러'를 데려와도 좋겠다. 나는 햇빛이 쏟아지고 있는 창문 쪽으로 다가갔다. 도서관 마당에는 공사를 하고 있는지 노랑색 유아책상과 스탠딩 책상 두 개가 나와 있었다.

'오, 스탠딩 책상!'

우리 학교 교실에는 수업시간 조는 애들과 수업에 방해되는 아이들을 벌 서게 하는 용도로 스탠딩 책상을 놓아두었다. 등교해서 교실 문을 열면 사물함 바로 앞에 스탠딩 책상이 보인다. 스탠딩 책상을 보는 순간 학교가 공부를 해야하는 곳이며 안 하면 불편한 이곳으로 와야한다는 각성을 거쳐 긴장감이 생기는 것 같았다. 수업 시간에 심하게 졸거나 수다 본능을 참을 수 없을 때 스탠딩 책상은 존재감을 드러낸다. 과목 선생님들로부터 늘 산만하다는 평을 받는 아가리와 나는 스탠딩 책상의 필요성을 가장 잘 알고 있었다. 떠들다가 교실 뒤쪽으로 귀양을 가게 되면 필기를 할 수가 없는 것이다. 교실 뒤로 쫓겨간다고 공부를 포기한 사람 취급당하는 건 너무 억울했다.

"야, 일어나봐. 급한 일이 생겼어."

나는 아가리를 흔들어 깨우며 창문 쪽을 가리켰다.

"뭔데?"

잠에 빠져있다가 갑자기 일어난 아가리의 눈이 시뻘겠다.

"저거!"

스탠딩 책상은 옆 반에 있는 것과 똑같았다.

"우리 교실에 갖다 놓자."

"갑자기 왜?"

"버릴 건가봐. 우리 교실에 가져다 놓으면 딱이잖아."

"귀찮아. 공부하기 싫으면 그냥 너도 잠이나 자."

"학교에 갖다 놓고만 올거니까 한 두 시간은 더 할 수 있을 거야. 잠도 깰 겸 갔다오자."

아가리와 나는 폐기물 트럭에 올려지고 있는 스탠딩 책상을 얻어내는데 성공했다. 아저씨들이 이런 책상을 뭐하려고 가져가느냐고 묻기는 했으나 거절은 않고 선선히 내주셨다. 스탠딩 책상은 우리의 허리보다 높은 튼튼한 물건이었다. 무엇보다 손때가 타지 않은 새 물건이었다.

○○도서관에서 학교까지는 전철로 두 정거장, 버스로는 다섯 정거장. 통학 시간에는 늘 터질 것 같은 버스에 실려 비명을 지르며 가곤하던 곳이었으나 짐을 들고 걸어보니 그냥 걷기에도 끔찍한 거리라는 걸 확실히 알겠다. 길을 나서면서부터 분노의 아

가리는 철없는 본색을 드러내기 시작했다.

"팔 떨어질 것 같아. 시험공부하자고 꼬드겨놓고 이게 뭐야? 그냥 길에 놔두고 돌아가자."

"뭐라고? 그런 무책임한 말이 어딨어?"

"이눔의 꼭지야. 나 힘들다고!"

아가리는 열 발자국 걸을 때마다 한 번씩 툴툴거렸다.

"이거 너랑나랑 가장 많이 쓰는 물건이야. 그리고 우리 다음 번 후배들도 써야할 거 아니니?"

"내가 그런 거까지 왜 생각해야 되는데? 괜히 집에서 쉬고 있는 사람 꼬셔서 이 고생을 시키는거야? 나 빈혈환자란 거 몰라?"

맞다. 말해놓고 보니 후배들 걱정은 좀 오버인 것 같다. 나 살기도 바쁜데. 문제는 아가리와 내가 시험공부란 걸 해본 적이 없어 이 길고긴 시간을 무얼해야 할지 모른다는 것, 또 평소 떠들다가 걸려 귀양갈 때마다 절실했던 스탠딩 책상을 얻을 기회가 생기자 머리보다 먼저 몸이 움직여졌다는 것이었다. 바삐 지나가는 고딩 언니들이 서로 속삭이면서 우리를 바라보았다. 우리 동네 중고딩이 모두 시험기간인지라 우릴 고운 눈으로 바라볼 리가 없었다.

"이왕 나온 거 빨리 갖다놓고 진짜 시험공부나 하자."

내가 힘든 것보다 아가리를 달래는 게 더 힘들었다.

“목말라. 음료수 하나 사줘.”

독서실비로 쓰려던 돈이 조금 남았으므로 편의점 1+1음료수를 나눠 마셨다. 스탠딩 책상을 뉘어놓으니 다리에 걸터앉아 쉬기에도 좋았다.

“우리반 스탠딩 책상은 누가 가져간 걸까?”

내가 묻자 아가리가 탄산음료로 오르르 가글을 하면서 말했다. 이 삭을텐데… 아무튼 대책없는 아가리.

“글쎄. 일어서서라도 공부하고 싶어하는 누군가?”

성의없는 아가리의 말을 들으며 나도 오르르 가글을 했다. 입안이 화해지면서 마사지를 받은 것처럼 개운해졌다.

“에이, 그런 애가 있겠냐?”

아름이는 입을 비죽거리며 캔을 구겼다.

“그럴 수도 있지 뭘 그래?”

나는 생각없이 계속 둘러댔다.

“너도 그런 적 있었어?”

아름이는 나를 빤히 바라보았다.

“있겠냐? 오늘 한 번 해보고 싶었다.”

“근데 이 짓거리가 왠말이냐?”

그리고 또 한 번 나를 빤히 바라보았다.

그러게. 우리 뭐하고 있는 거니? 입안이 간질거리면서 웃음이

폭발했고 입안에 들어있던 사이다도 함께 튀어나왔다. 사이다 입
자가 하얗게 퍼지는 게 보였다. 지금쯤 햇살 드는 다락방에 내 책
들은 코를 골며 잠들어 있을 것이다.

"얼른 가자. 도서관 문 닫을라."

나는 계속 웃음을 흘리면서 책상을 들어올렸다.

"힘들어. 학교에서 돌아오는 길에 업어줘."

"알았다고. 빨리 가기나 해."

시간은 4시가 다 되어간다. 우리는 짐꾼마냥 무거운 걸 들고
뛰기 시작했다. 학교 앞 건널목을 급히 건너다 운전하는 아저씨
한테 욕을 먹기도 했고 교문 경비 아저씨한테 취조를 당하기도
했다. 진로 선생님이 아니었다면 우리는 건물 안으로 들어서지도
못했을 것이다.

"아름이, 민경이! 무슨 일이야?"

"교실에 이것 좀 갖다 놓으려고요."

경비실 옆에 세워져 있는 스탠딩 책상을 보며 선생님이 고개
를 갸우뚱하셨다.

"우리 반에만 이게 없거든요. 정말 필요한 거라 도서관에서 얻
어왔어요."

아름이가 내 말을 받아 덧붙였다.

"시험 전날, 공부는 안 하시고 이걸 가져오셨어?"

“할 거예요. 두 과목 다 백점 각이랍니다.”

나는 이상한 눈초리로 보는 고딩 언니들이 떠올라 쑥쓰러웠다.

“학교에 건의하면 바로 나올 텐데 왜 이런 고생을…. 왠지 공부하기 싫어서 여기까지 온 것 같은 분위긴데?”

1학년 때 우릴 가르치셨던 선생님은 우리가 변한 걸 잘 모르신다. 조금, 아주 조금 변했는데. 개념없이 수업시간에 맨날 뒤쪽으로 쫓겨나지는 않는다는 것이다.

“아무튼 너희 반을 위해 착한 일을 했으니 선생님이 상을 좀 줄까?”

아름이와 나는 멀뚱한 표정으로 선생님을 바라보았다.

“시험 끝나면 선생님이랑 진로박람회 가보는 거 어때?”

진로박람회? 이게 무슨 상이람? 귀양보다 더한 천벌 수준?

“에엣, 저희가 왜요…?”

“대신 그날 하루는 공결 처리해 줄거야.”

공결이라는 말을 듣고 눈이 점점 커졌다.

학교 안 와도 된다고? 정말? 진심? 그렇담 당근 콜이지.

나는 아가리를 돌아보았다.

“콜이죠. 아니, 갈게요 선생님.”

이게 웬 떡이냐 싶었다. 공부야 다음(?)에 하면 되지. 헤헤.

결석을 허락받은 기쁨에 기말고사 공부는 십 리 밖으로 달아
나버렸고 발걸음 또한 가벼웠다.

5
직업도
진화해요

보컬트레이너, 애견 테라피스트(Dog Therapist), 푸드 스타일리스트(요리 예술사)

나와 아가리가 첫 번째 부스에서 만난 사람은 푸드 스타일리스트(요리 예술사)라는 명찰을 달고 있는 김다경 선생님이었다. 일반 요리사와는 달리 밝은 노랑 앞치마에 화려한 장식을 한 머리에 나뭇잎 장식을 꽂고 있어 나들이 나온 공주님처럼 보였다. 흰 가운이나 앞치마를 두른 요리사만 생각했다가 선생님을 보니 특별해 보였다.

꼭지 : 안녕하세요 선생님? 저는 행복중학교 2학년 꼭지 아니, 함민경이라고 합니다.

아가리 : 안녕하세요? 저는 입구에서 인사드렸던 아가리 정아름입니다. 요즘 요리사라는 직업이 굉장히 핫한데 '푸드 스타일리스트'라는 직업은 처음 들어보는 것 같아요. 여러 가지 궁금한 게 많아요.

요리 예술사 : 너무너무 반갑습니다. 궁금한 거 다 물어보세요. 내가 직업박람회에서 첫 번째로 만난 학생들이라 특히 더 반갑네요.

꼭지 : 요리하시는 분 같지 않고 공주님 같으세요. 선생님이 해주시는 음식은 다른 요리보다 더 맛있을 것 같습니다.

요리 예술사 : 그쵸(웃음). 요즘은 비주얼이 중요해서 맛과 더불어 색깔, 모양, 배치 등이 매우 중요해졌어요.

아가리 : 저희 친구들은 다른 어느 때보다 음식과 요리에 관심이 많다보니 요리사를 꿈꾸는 아이들이 많은데요. 요리사와 요리 예술사가 어떻게 다른 건가요?

요리 예술사 : 요리사가 재료를 여러 가지 방법으로 조리해서 다양한 맛을 만들어내거나 새로운 음식을 만드는 사람이라면 요리 예술사는 '요리를 예술로 업그레이드시키는 요리의 예술가'라고 해요. 요리의 상품 가치를 높이는 일이기 때문에 방

송이나 광고, 홍보와 많은 관련이 있어요.

아가리 : 요리는 맛있으면 되는 것 아닌가요? 그렇게 비주얼을 고민해야 하는 건가요?

요리 예술사 : 제가 이렇게 예쁘게 입고 있으니 기분이 좋잖아요? 물론 요리에서 가장 기본은 맛과 영양이죠. 그러나 그게 전부는 아니에요. 요리 예술가는 음식과 관련된 모든 분야에서 활동할 수 있어요. 광고나 잡지, 드라마, 영화 속의 음식 모양새는 물론이고 요즘은 행사 음식 기획이나 새로운 식단 개발 등 여러 방면에서 활동해요.

꼭지 : 활동 분야가 이렇게 넓은 줄 몰랐어요.

요리 예술사 : 그만큼 현대사회에서는 외모를 중시한다는 거죠.

아가리 : 요리 예술사가 되신 계기는 무엇인가요?

요리 예술사 : 어려서부터 요리를 좋아해서 대학에서도 요리를 전공했어요. 학교에 다니면서 요리와 관련된 간단한 일들을 했는데요. 그때의 경험을 통해 요리에 아름다움을 더하는 요리 예술사란 직업에 관심이 생겼죠.

아가리 : 요리 예술사가 되려면 어떻게 해야 하나요?

요리 예술사 : 제가 공부할 당시만 해도 요리 예술사를 양성하는 학원이라든가 요리 예술사 활동을 하시는 분들이 많지

않았기 때문에 전문가에게서 배우는 것이 어려웠어요. 그런데 요즘에는 관련 학원은 물론이고 전공 학과도 있고 활동하는 분들도 많아서 처음부터 전문적으로 배울 기회가 많이 있죠. 그리고 기본적으로 음식이나 식재료와 관련된 공부를 해 놓으면 도움이 많이 됩니다. 전혀 모르는 상태에서 음식 모양새 꾸미기만 하는 것보다는 음식이나 식재료의 특성을 이해하면 요리를 더욱 돋보이게 할 수 있죠. 처음부터 음식 모양새를 꾸미는 것에만 치중하기보다 음식이나 식재료를 깊이 공부할 필요가 있어요.

꼭지: 음식 모양새 꾸미기보다 음식이나 식재료를 이해하는 것이 우선이군요. 그럼 요리 예술사에게 필요한 능력은 무엇인가요?

요리 예술사: 호기심이 많고 색감과 요리에 대한 기본적인 감각이 있으면 좋을 것 같아요. 이런 능력이 있어도 노력하지 않으면 시장의 빠른 변화를 좇아가기가 힘들어서 꾸준히 노력하는 열정과 성실성도 필요하고요. 그리고 기본적으로 다양한 식재료의 특성을 알아야 해요. 식재료의 색, 질감, 맛 등의 특성이나 요리 방법을 알면 음식의 본질을 이해할 수 있고, 이를 통해 요리를 더욱 풍성하게 표현할 수 있죠.

아가리: 힘든 점은 없었나요?

요리 예술사 : 요리 예술사가 하는 일이 흔히 음식의 겉모습을 아름답게 장식하는 것이라고만 간단하게 생각하는 경우가 많아요. 하지만 육체적으로 많은 에너지가 필요하며 오랜 시간을 투자해야 하는 일입니다. 또, 일이 규칙적이지 않고 밤샘 작업을 해야 하는 때도 있죠. 그래서 하고 싶어 시작했지만 체력이 따라 주질 않아 중간에 포기하는 사람도 많아요. 즉, 꾸준하게 자신의 체력과 정신력을 관리해야 한다는 것입니다.

꼭지 : 강한 체력이 필요하다니 조금 놀랍네요. 그렇다면 요리 예술사 일을 하시면서 보람을 느끼는 순간은 언제인가요?

요리 예술사 : 요리 예술사는 대중에게 노출되는 직업이 아니에요. 사람들이 광고에 나오는 제 요리를 보고 좋은 반응을 보일 때나 제가 모양새를 꾸민 제품을 사람들이 선택하는 것을 볼 때 요리 예술사로서 보람을 느낍니다.

아가리 : 우리반에도 요리사를 꿈꾸는 아이들이 많은데요 요리 예술사를 희망하는 학생들에게 해주고 싶은 말씀이 있다면 무엇인가요?

요리 예술사 : 음식과 관련된 일을 하고 싶다면 적어도 편식하지 말아야겠죠? 여러 음식을 접해 보면서 식재료 고유의 맛과 요리 방법 등을 알아가는 것이 중요해요. 또한 음식 관련 전시회, 도서, 자료 등에서 보고 배운 것들을 자기 것으로 소화할

수 있도록 꾸준히 공부하는 자세가 필요합니다. 앞서 말했듯이 체력적으로 힘든 부분이 많으므로 기초 체력을 쌓아둘 필요가 있고요. 어떤 분야이든 처음에는 힘들고 지루한 시간을 겪게 마련이에요. 하지만 그 시간을 잘 보내야 경력과 실력을 쌓을 수 있어요. 한 곳에서 꾸준히 배우고 일한다면 언젠가 그 일을 즐길 수 있을 때가 올 거예요.

꼭지 : 인터넷을 살펴보니 관련 자격증이 꽤 많네요?

요리 예술사 : 자격증이 반드시 필요한 것은 아니지만 있으면 도움이 되겠죠?

먼저 푸드스타일리스트에게 중요시 되는 자격증 종류는 크게 두가지로 나눠 볼 수 있습니다.

조리에 관련한 자격증과 식공간 연출과 관련한 자격증, 이렇게 두 가지인데요. 먼저 조리에 관련한 대표적인 자격증은 이렇습니다.

① 조리기능사(한식, 일식, 양식, 중식)

② 제과제빵기능사

③ 조리 산업기사

이외에 바리스타, 조주기능사, 바텐더, 소믈리에 자격증이 있는데요.

이러한 자격증을 취득해두셔도 향후 푸드스타일리스트로 활동하시는데 도움이 됩니다.

특히 제빵기능사의 경우 국가 공인 자격증을 필수적으로 취득하시는게 도움이 됩니다.

그 다음으로 식공간 연출에 관련한 대표적인 자격증은 이렇습니다.

① 화훼장식기능사

② 컬러리스트기사

그 밖에 파티플래너, 플로리스트, 푸드코디네이터 등 민간 자격증 종류가 있습니다.

민간자격증은 시험 응시자격이 다양하기 때문에 관심있으신 분들은 관련하여 자세히 알아보고 준비하는 것이 좋겠습니다.

아가리 : 마지막으로 이제 추석이 다가오고 있는데요. 명절에 집에서 쉽게 따라할 수 있는 푸드 스타일링이 있을까요?

요리 예술사 : 간단한 몇 가지를 알려드릴게요.

다과상에 올릴 송편은 컬러별로 모아 담아내면 좋아요. 같은 컬러끼리 모아 담거나, 진한 컬러를 아래로, 밝은 컬러를 위로 쌓아올리듯이 담아도 예쁘답니다.

생선구이는 모양 자체가 길쭉하기 때문에 긴 접시에 담는 것이 가장 좋은데요. 생선 길이에 맞춰 원형 접시에 담으면 위아래가 비어보일 수 있기 때문이에요.

고기류는 가지런히 담은 뒤 샐러드 채소나 파채, 부추 등을 한쪽에 놓아 다진 잣이나 깨소금을 위에 얹어 내어도 훌륭한 비주얼이 완성된답니다. 마지막으로 갈비찜은 뚝배기 형태의 그릇을 써서 상을 내면 한층 푸짐해보이고 국물과 함께 담아 내어야 마르거나 식지 않아요.

꼭지 : 선생님 덕분에 멋진 직업을 알게 되었어요. 직업이 점점 더 진화하고 전문화되는 것 같아요. 그런데 저희가 할 수 있을지 겁이 나네요.

요리 예술사 : 그 일을 사랑하고 즐기면 돼요. 그러면 변화를 이끌어갈 수 있답니다.

아가리 : 저도 TV프로그램이나 광고를 볼 때 먹음직스럽게 차려진 요리들이 요리 예술사의 솜씨구나 알아볼 수 있을 것 같아요. 감사합니다.

요리 예술사 : 저도 두 친구 만나서 반가웠어요. 나중에는 더 멋진 이름으로 다시 만나요.

직업의 진화 2 : 가수 말고 보컬 트레이너

푸른 청소년 정인이와 영훈이의 도전

17살 정인(백석고)이는 학교 수업 끝을 알리는 종이 울리는 오후 4시 30분, 교실문을 박차고 나와 있는 힘껏 달리기 시작한다. 20분에 한 대씩 있는 버스를 타고 가기 위해서다. 혹여라도 버스를 놓쳤다간 연습시간이 그만큼 줄어드는 끔찍한(?) 사태가 일어난다. 음악이 무엇보다 소중한 정인이에겐 있을 수 없는 일, 그렇기에 무슨 일이 있어도 5시 30분까지 학원에 도착해 밤 11시가 넘도록 연습에 매진한다. 오늘도 간신히 버스를 탄 정인이는 긴 숨을 돌린다. 톱니바퀴처럼 반복된 생활이 벌써 1년째다. 하지만 정인이는 이런 생활이 고되지 않다고 말한다. 자신이 진정 하고 싶었던 일을 하기 때문이다.

"부모님 허락을 받는 데에만 1년이 걸렸어요. 처음에는 부모님이 음악하는 것 자체를 반대하셨는데 그래도 지금은 부모님이 제 노력을 보고 믿어 주시니까 다행 아닌가요? 꼭 훌륭한 보컬 트레이너가 되고 싶고 기회가 된다면 가수가 되고 싶어요."

1년 여를 악착같이 노래한 덕분에, 완고하게 가수는 절대

안 된다던 부모님도 뜻을 꺾었다. 그렇기에 정인이는 지금 이 순간이 행복하다. 6시간 여의 노래 연습을 끝마치고 집으로 돌아오면 밤 12시. 졸린 눈을 비비며 목이 상하지 않기 위해 침대에 누워 복식 호흡을 하는 것으로 하루를 마무리한다. 내신에도 신경써야 하기 때문에 몇 시간 잠도 청하지 못하고 다음 날 새벽 학교로 간다. 규칙적이고 반복된 생활은 여느 일반 수험생 못지 않아 보였다. 정인이의 꿈은 구체적이다. 막연히 가수를 바라지 않는다. 보컬 트레이너가 되는 것이 1차 목표고 기회가 된다면 가수로 활동하고 싶다고 한다. 그런 꿈을 위해 힘든 연습도 마다하지 않고 반복된 생활을 이어가고 있다. 그래서일까? 정인이는 가수 지망생은 흔히 '날라리', '문제아'일 것이라는 세상의 편견에 대해 당차게 반박한다.

"가수 지망생이 날라리라고요? 이보다 힘든 일도 없을 거예요. 중학교 때 잘 모르는 아이들이 제가 가수 지망생을 한다니까, 너 공부 지지리도 못하나 봐? 이런 말을 하더라고요. 선생님들도 네가 왜 그런 것을 하냐고 뭐라 하셨어요. 하지만 그것은 세상의 편견이라고 생각해요. 가수를 지망하는 것이 나쁜가요? 열심히 노력해서 그 편견을 깨고 싶어요."

가수 지망생 영훈(18.광성고)이는 고등학교 입학 때까지 전교에서 상위권을 차지할 정도로 우등생이었고 원래 꿈도 교사였다. 그랬던 영훈이에게 가수란 꿈이 운명처럼 다가왔다.

"공부를 하다 보니 아이들끼리 경쟁이 치열했어요. 친구임에도 서로 미워하고 견제하고 그런 경우가 있더라고요. 그래서 마음고생이 심했죠. 그런데 그때 감동적인 음악을 듣게 되었었요. 성시경의 '넌 감동이었어'였는데 당시 노래를 들은 제 마음도 감동이었죠. 그처럼 감동을 주는 음악을 하고 싶어서 가수를 지망하게 됐는데 다행히 부모님께서 믿어주셨어요.

갑작스럽게 꿈꾼 가수, 하지만 영훈이의 가수 지망생 생활은 쉽지 않았다. 음역대가 높지 않아 부를 수 있는 노래가 거의 없었던 것이다. 하지만 영훈이는 포기하지 않고 도전했고 결국 소기의 성과를 거둘 수 있었다. 최근 큰 인기를 끌고 있는 장기하와 얼굴들의 '싸구려 커피'를 많은 연습 끝에 완벽하게 불러 낸 것이다. 결국 영훈이는 인천 청소년 가요제에서 동상을 탈 수 있었다. 꿈을 향해 쉼 없이 전진하는 정인이와 영훈이는 푸른 청소년의 전형처럼 보였다.

음악 시장이 커짐에 따라 가수뿐만 아니라 보컬 강사 등 다양한 진로를 모색하고 있어 청소년들의 꿈을 향한 선택의

폭은 차차 넓어지고 있는 추세다.

하지만 가수를 지망하는 것에 대한 사회의 편견이 남아 있기 때문에 그를 이겨내는 것은 결코 쉬운 일이 아니다. 그렇기 때문에 가수 지망생들은 남다른 열정으로 편견에 맞서야 한다. 보컬 전문 학원을 운영하는 조영기(32.원장)씨는 가수 지망생 청소년들을 다음과 같이 평가한다.

"요즘 학생들은 구체적인 꿈을 가지고 있지 않은 경우가 많아요. 꿈을 위해 노력이나 투자는 하지 않고 막연하게 생각만 하는 게 요즘 아이들의 모습이죠. 하지만 실용 음악을 지망하는 학생들은 스스로 부모를 설득하는 만큼 열정이 남다릅니다. 문 닫는 시간까지 남아 연습하는 아이들이 많은 것만 봐도 잘 알 수 있지요.

- 가수지망생은 모두 날라리? 내 삶도 모르면서
〈오마이뉴스 2009년 11월 30일〉

직업의 진화 3 : 사육사 말고 애견 테라피스트

한 연구소의 보고서에 의하면 개, 고양이와 같은 반려동물을 키우는 가구는 우리나라 전체 가구의 25.1%로 그와 관련된 시장은 매년 10% 이상씩 성장하고 있다고 한다. 사람들의 개에 대한 애정과 관심이 커지고 관련된 시장이 확대되면서 애견과 관련된 진로를 희망하는 학생들의 수 또한 점차 늘어나고 있다. 우리나라에서는 아직 생소한 직업이지만, 외국에서는 애견과 관련된 직업으로 많은 사람들이 선택하고 있는 직업이 있다. 바로 애견 테라피스트(Dog Therapist)이다.

원래 개는 집안이 아니라 자연 속에서 자유롭게 생활하던 동물이었다. 하지만 아파트에 거주하는 사람들이 늘어남에 따라, 집안에서 개를 키우는 경우가 많아졌다. 밖에 돌아다니고 싶은 본성을 억누르고 집안에서만 지내는 개들이 받은 스트레스 역시 늘어났고, 스트레스가 쌓인 개들에게는 정신적, 신체적 문제가 발생하기도 했다. 그래서 이를 해결해주기 위해 만들어진 직업이 애견 테라피스트이다.

애견 테라피스트는 개들이 갖고 있는 습성과 자연 치유력을 이용하여 개들의 심신을 안정시키고 건강하게 지낼 수 있도록 돕는 사람들을 말한다. 이들은 개들에게 아로마향 등을 이용해 향기 치료를 하기도 하고, 손으로 개들의 몸에 부드럽게 자극을 주어 심리적인 균형을 맞추는 마사지 치료, 놀이치료 등을 하기도 하다.

애견 테라피스트가 되기 위해서는 기본적으로 개를 사랑하는 마음이 있어야 한다. 거기에 전문적인 지식을 쌓고 훈련을 받아야 애견 테라피스트로 거듭날 수 있다. 즉, 개의 자연 치유력을 높이기 위한 각종 치료 방법을 익히고, 개의 행동 습성을 파악하며. 마사지를 하기 위해 해부학 등 전문적이고 다양한 교육을 받아야 한다.

아직 국내에는 애견 테라피스트와 관련된 자격증이 없지만 한국직업능력개발원이 발간한 미래의 직업 세계(해외직업 편)에서는 유명한 직업으로 소개하고 있다.

– 직업의 진화(해외편/한국직업 능력개발원)

6
인기 직업 웹툰 작가가
되고 싶어요

대부분의 사람들은 전철을 타면 아무렇지 않게 스마트폰을 들여다보기 때문에 잠들기 바로 전까지 우리는 스마트폰 속 세상에 살고 있다는 생각도 든다. 그만큼 우리는 지금 대부분의 시간을 디지털 공간에서 보내게 되었다. 대부분의 사람들이 짬이 나면 스마트폰을 보기 때문에 어쩌면 스마트폰 속 세상에 살고 있다고 할 수도 있겠다. 이런 디지털 공간으로 네이버 포털, 카카오페이지, 쿠팡 앱, 배달의 민족, 온라인 게임, 페이스북, 인스타그램 등이 있다.

스마트폰이 광범위하게 보급되면서 자연스럽게 우리는 우리의 생활을 물리적 공간에서 디지털 공간으로 옮겨놓았다. 게다가 코로나19는 우리의 생활 패턴을 더 많이 제한하고 축소시켰다. 학교에서 수업을 듣고, 마트나 백화점에서 장을 보며, 영화관에서 영화를 보고, 친구들과 커피전문점에서 수다를 떨던 일상이 사회적 거리두기로 횟수가 줄고 대신 그 시간을 스마트 기기와 보내게 된 것이다.

이 팬데믹 기간에 우리는 물리적 공간에서 하는 일은 디지털 공간에서도 할 수 있다는 것을 확실히 경험하게 되었다. 스마트폰을 열어 다양한 물건을 주문하고, 음식을 배달시키고, 고장난 가전제품 수리를 부탁한다. 집 앞 편의점에라도 가려면 머리를 감고, 외출복을 갈아입어야 하는 번거로움이 사라진 것이다.

일상생활 뿐 아니라 학교 수업도 마찬가지였다. 등교 없는 학교 생활이 가능했고 온라인 수업의 편리함을 알아버렸다. 학원의 경우도 시스템을 갖추고 대형학원으로 가든지 소그룹의 과외로 변화하고 있다. 학생들은 이래저래 온라인에 적응하면서 팬데믹 시대를 보내고 있다.

문화생활도 마찬가지이다. 우리는 친한 친구와 영화관에서 만나 데이트를 하고 여유를 즐기는 대신 영화 한 번 볼 비용으로 넷플릭스에 가입해 신작 영화뿐 아니라 전 세계의 콘텐츠를 몰아볼 수 있게 되었다. 굳이 친구들과 만나지 않아도 자신의 시간을 즐길 수 있게 되었다는 것이다. 물리적으로 움직이는 대신 모든 일이 자신의 집안에서 이루어질 수 있게 된 것이다. 요즘 제작되는 오리지널 콘텐츠는 영화관 개봉을 하지 않고 넷플릭스나 디즈니 TV에서만 볼 수 있는 경우가 많다. 영화관을 찾는 관객이 감소하면서 영화관 매출은 정말 눈에 띄게 줄었고 심지어 하나둘 문을 닫고 있다.

이동하는 차량이 줄어들고 사회적 거리두기가 시행되면서 맛집으로 유명하여 배달을 안 하던 외식업체까지 배달을 시작했다. 사람들은 이동하는 시간, 기다리는 시간을 절약할 수 있고 자기 결정성이 높은 라이프스타일에 적응해 버렸다. 코로나19로 인한 물리적 공간의 제한 기간이 디지털 공간에 적응할 시간적 여유를 제공한 셈이다.

이제 경제활동이 주로 온라인, 디지털 공간에서 이루어진다는 사실을 인식해야 한다. 그래야 미래에 필요한 직업을 설계할 수 있다. 사람이 한번 익숙해지고 큰 불편을 느끼지 않고 적응하게 되면 그 생활방식을 좀처럼 바꾸지 않는다.

이 때문에 그 시대에 걸맞는 새로운 직업을 찾아야 한다. 다행스럽게도 현대인들은 빠르게 생성되고 또 소멸하고 있는 산업 구조 자체의 변화를 이해하려고 노력하고 있고 온라인을 통해 후배들에게 조언하고, 그와 동시에 자신에 대해 돌아보고 자신의 콘텐츠를 찾는 일을 하고 있다.

안정된 직장이 사회적인 변화로 인해 갑자기 사라지고, 물가는 치솟기 때문에 월급에 의지하는 삶은 미래가 없다는 한계점을 인식하고 있다. 그리고 개인의 재능을 활용한 부업이나 다양한 재테크를 통한 부의 축적, 개인의 콘텐츠를 활용한 창작물 유통에 관심을 기울여야 하는 시대를 맞았다. 이런 인식을 바탕으로 2030세대가 주목하고 있는 직업군은 '콘텐츠' 분야이다. 그리고 인기있는 게임, 웹툰, 웹소설을 즐기기 시작하는 나이가 초등학생에서 심지어 유치원생까지로 급속히 낮아지고 있는 중이다. 외국의 경우는 인기 웹툰, 웹소설 작가들이 중학생인 경우도 많다고 한다.

이처럼 생활의 축이 현실에서 온라인으로 이동하다 보니 학교 생활 열심히 하고, 교과 공부 잘하고, 좋은 대학에 가면 성공한다는 논리에 반대되는 성공 사례들이 종종 눈에 띈다. 교과목은 포기했지만, 교과서나 자습서에 만화를 그리다가 웹툰 작가로 성공한 사례도 있고, 화장을 좋아해서 유튜브 인플루언서가 되는 예도 있다.

최근 주목받는 직업인 웹툰 작가의 경우가 전망이 밝은 대표적인 직업인데 온라인 플랫폼에 자신의 만화를 업로드하고 나면 반영구적으로 서비스할 수 있다. 사람들이 네이버나 카카오 같은 플랫폼에서 웹툰을 다운받을 때마다 작가에게는 인세 수입이 발

생한다. 국내 인기 웹툰 작가의 수입은 1년에 수십억 원을 넘어섰
는데, 이는 국내에서뿐 아니라 세계적인 플랫폼에서 판매되기 때
문이다.

인터뷰 : 곤충세계에 살아남기 '네모' 작가

1. 이런 사람 딱이에요!

안녕하세요. 저는 '곤충세계에서 살아남기', '우주에서 살아남기' 등의 만화를 그린 네모[3] 라고 합니다.

제가 보기에 '웹툰 작가에 도전해 볼 만하다', '적성에 맞다'라고 생각하는 후배들은 이런 유형들입니다.

①늘 새로운 것을 추구하는 창의력 대장이라면 웹툰 작가 적성에 맞는 유형입니다. 매주 새로운 것을 보여줘야 하고 작품마다 새로움을 추구하는 것들이 좀 필요하다고 생각합니다. 똑같은 것은 지겹고 싫어 남들과 다르게 새로운 것을 만들고 싶어하는 분들이라면 웹툰 작가가 되었을 때 굉장히 뛰어난 능력을 발휘할 수 있을 거라고 봅니다.

②입담이 좋아서 친구들에게 인정받는 이야기꾼들이

---

3) 네모 작가 : '곤충세계에서 살아남기', '우주에서 살아남기' 등의 스테디셀러 만화를 출간한 만화가이다. 현재 웹툰 작가로 활약 중이다.

계십니다. 똑같은 이야기인데 무척 재미있고 뭔가 현장에 가 있는 것 같은 느낌이 들게 해주는 분들이 있습니다. 저 사람이 음식 이야기를 하면 뭐가 먹고 싶어지고 영화를 보고 이야기를 해줬는데 나도 지금 가서 그 영화를 보고 싶다는 생각이 들게 하는 그런 타고난 이야기꾼들이 있습니다. 그런 분들은 전문적인 용어로 웹툰 스토리텔러라고 하는데, 그런 것에 굉장히 특화된 분들이니 웹툰 작가에 꼭 도전해보면 좋겠다는 생각이 듭니다.

③ 관찰력이 뛰어나신 분들은 꼭 웹툰 작가에 도전해 보길 바랍니다. 저는 관찰력이 공감을 담아내고 재미를 추구하는 능력 중의 하나라고 생각합니다. 똑같은 것을 봐도 남들보다 하나를 더 볼 수 있는 사람, 무척 미묘하고 디테일한 부분까지 관찰을 잘하는 사람은 웹툰 작가가 아니더라도 웹툰업계에 종사할 수도 있는 잠재성을 가진 분이라고 생각합니다. 저도 이런 성향들이 있었기 때문에 웹툰 작가가 될 수 있었습니다.

2. 작업과정이 궁금해요

작가마다 조금씩 작업방식이 다르긴 하지만 최대한 유형화해서 소개해볼게요.

① 구상

예전에 비해 큰 비용을 들이지 않더라도 약간의 노력과 수고를 감수하면 인터넷 검색만으로도 거의 대형 도서관급의 정보들을 취득할 수 있다.

웹툰 작법 또한 같은 맥락으로 조금만 관심을 갖고 찾아보면 수없이 많은 관련 자료가 떠다니고 있다. 따라서 이 글에서는 단순한 작법 순서의 나열보다는 (현장에서 일하고 있는 현직 프로 작가로서) 앞으로 웹툰 작가를 꿈꾸는 학생들이 어떤 마음가짐으로 준비를 해야 하며 어떻게 하면 작가 데뷔 확률을 높일 수 있는지에 대한 이야기를 저의 경험을 토대로 이야기하고자 한다.

경력이 오래된 프로 작가든 데뷔를 목적으로 하는 작가 지망생이든 한결같은 고민은 "어떤 아이템으로 어떤 작품을 제작해야 좋을까?" 라는 것이다.

과연 어떤 이야기를 하는 게 좋을까? 이 이야기를 대중이 좋아할까?

결론부터 말하자면 여기에 정답은 없다.(작가를 직업으로 선택하는 순간 이 문제는 영원히 고민해야할 숙명 같은 숙제가 된다.)

다만 그동안 보아왔고 들어왔으며 직, 간접적으로 경험해 왔던 사례들을 종합해 두 가지 정도로 압축해서 얘기하고 싶다.

첫째, 평소에 자신이 가장 관심 있으며, 잘 알고 있는 이야기가 무엇인가를 먼저 고민해보자.

그것이 스포츠든, 스릴러든, 음악이든, 평소 자신이 남들보다 한층 더 깊이 있게 알고 있는 이야기가 있다면 그 이야기를 소재화해서 작품을 구상하는 방법이 있다.

내가 아는 이야기의 재미와 흥미 요소를 대중에게 들려준다는 개념으로 이야기를 만들어 가는 것이다.

이 방법의 가장 큰 장점은 작가 자신이 평소 관심 있던 이야기이기 때문에 작업과정이 비교적 막힘 없이 진행된다는 것이다. 하지만 이 방법의 가장 큰 단점은 이렇게 만들어 내놓은 이야기가 작가 자신만 재미있고 대중은 전혀 공감하지 못할 수도 있다는 점이다.

이 상황에 맞닥뜨리게 되면 말 그대로 작가는 멘붕 상태에 빠지게 되는데, 아주 극단적인 경우 데뷔 하기도 전에 은퇴해 버리는 경우도 있다. (실제로 그런 자칭 천재들을 여러 명 보아왔다.)

"내가 좋아하는 얘긴데 이게 왜 재미없지?", "그래 대중은 어리석어 내 작품을 이해하지 못해" 등등 스스로 합리화 하려 애써 보지만 답은 의외로 간단하다.

내 작품이 대중에게 통하지 않은 이유는 단지 재미가 없어서인 거다. 이 단순한 사실을 인정하고 받아들이는데 익숙해지지 않으면 절대 무너진 멘탈을 다시 일으킬 수가 없다.

사실 가장 이상적인 경우는 작가 자신이 좋아하는 이야기를 대중도 같이 공감하며 좋아하는 것이지만 이 바닥이 그렇게 말랑말랑 하지 않다. 때문에 작가가 된다는 건 거절에 익숙해져야 한다는 것이다.

웹툰 작가를 꿈꾸는 여러분의 머릿속엔 화려한 작품 연재와 작가로서의 유명세 등 꽃길만 보이겠지만 작가라는 직업에 반드시 포함되는 필수 요소 중 하나는 '내 작품이 거절당하는 일'이다. 짧게는 며칠, 길게는 몇 년에 걸쳐 준비했던 작품이 한순간에 거절당했을 때의 패배감과 상처는 말로 표현할 수 없는 고통이다. 하지만 그렇다고 해도 다시 한번 일어설 수 있는 강인한 정신이야말로 작가로서의 가장 중요한 덕목이라 생각한다. (위로가 될 진 모르겠으나 이 업계의 거절은 프로 작가들도 당연히 숨 쉬듯 경험하는 일상적인 일이다.)

여러분은 내가 좋아하는 이야기로 대중을 움직이는 그런 행복을 누릴 수 있는 작가가 되길 진심으로 기원한다.

둘째, 그렇다면 어떤 이야기를 준비해야 작가가 될 수 있을까? 만약 여러분이 웹툰 작가 데뷔가 목적이라면 그 확률을 조금이라도 높일 수 있는 현실적인 방법을 얘기해 보자.

첫 번째 이야기와 상반되는 이야기로 '내가 좋아하는 이야기가 아닌 플랫폼이 필요로 하는 이야기를 구상하는 것이다.'(물론 이렇게 연재를 시작해서 대중의 큰 사랑을 받을 수도, 대중의 큰 무시를 받을 수도 있지만 일단 작가데뷔 가능성을 높이는 방향으로 이야기를 해보자면 이 방법은 꽤 확률이 높은 방법일 수 있다.)

자신이 목표로 하는 플랫폼에 현재 연재중인 작품들의 장르를 분석해서 살펴보고 겹치는 장르의 작품을 피해 플랫폼이 필요로 하는 작품을 구상하는 방법이다.

예를 들어 A라는 플랫폼에 B라는 장르의 작품들이 연재되고 있다면 후발주자에 검증을 거치지 않은 신인 작가가 같은 B 장르의 작품을 가지고 연재를 따낼 확률은 한없이 낮아질 수밖에 없기 때문이다.

같은 시대와, 같은 문화를 공유하며 웹툰 작가라는 같은 꿈을 꾸고 있는 다수의 머릿속에 있는 생각은 너나 할 것 없이 비슷하기 때문에 내가 하는 생각은 누구나 할 수 있다는 현실 인식이 반드시 필요하다. (먼저 하는 사람이 주인이다라는, 오래 전부터 업계에서 떠도는 이 말에 격하게 동의한다.)

나보다 한 발 먼저 결과를 내어놓은 작품들을 따라갈 필요 없이 스스로 편집자의 시선이 되어볼 필요가 있다. 작가 개인 의 시각이 아닌 보다 객관적인 시각으로 플랫폼에 없는, 있으 면 좋을 것 같은 장르의 작품을 구상하라.

문화산업엔 항상 그 시대에 맞는 유행 장르라는 게 있어 왔고 유행에 민감한 만큼 치열한 경쟁이 있어왔다. 판타지, 일 상, 스릴러, 드라마 등등….

물론 경쟁을 피해서는 롱런하는 작가가 될 수 없다. 내가 좋아서 하는 일이든, 내가 해야만 하는 일이든 중요한 건 당장 시작해서 뭔가를 해나가는 것이라 생각한다. 비록 시작은 내 가 원하는 장르가 아니더라도 데뷔해서 작품을 하며 내공을 키우다보면 데뷔 때 하고 싶었던(내가 정말 하고자 했던) 이야기를 할 기회는 반드시 온다.

내가 하고 싶은 작품만을 끝없이 고집하다가 지쳐 나가떨어질지, 어떤 작품으로든 일단 데뷔를 한 후 자신의 커리어를 만들어가며 기회를 노려볼지 선택은 여러분의 몫이다.

작가 생활을 하다보면 나름 하나씩 만들어 지는 원칙들이 있는데 그중 하나를 말하자면 '작가는 자신의 작품을 보지만, 편집자는 시장을 본다'는 것이다.

웹툰은 상업 예술이다. 현장의 사람들이 당신의 작품에서 상업성을 발견하지 못한다면 누구도 당신의 작품을 찾지 않게 되는 것이다.(이 말은 작가들 사이에서도 갑론을박이 많아 어쩌면 영원히 결론 나지 않을 화두이기도 하다.)

자신의 공간과 세계관에 빠져 하나의 작품에 매진하는 작가보다 하루에도 수십, 수백 편에 이르는 작품과 각양각색의 작가들을 접하는 편집자의 눈 중 어느 것이 더 정확할 수 있는지는 여러분 각자의 판단에 맡기고 싶다.

좀 더 심도있게 생각해 보면 자잘한 잔가지들과 보다 구체적이며 세부적인 가닥들도 있긴 하지만 큰 의미로 볼 때 위의 두 가지 정도로 요약해 볼 수 있겠다.

② 스토리 작성

이야기를 만드는 전통적인 방식에는 발단-전개(갈등)-위기-절정-결말의 5단계 방식과 기-승-전-결의 4단계 방식이 있다.

5단계든 4단계든 같은 의미의 이야기로 작가 개인의 습관과 필요에 따라 위의 두 가지 방식을 가장 많이 사용한다.

[발단]은 매력 있는 주인공을 등장시켜 작품의 명확한 장르, 주제를 암시하는 등 전체적인 성격을 보여주고 대립하는 적과의 갈등을 빠르게 암시함으로써 독자로부터 흥미를 끌어야 한다.

[전개(갈등)]는 작품의 주요 부분으로 스토리의 대부분을 차지한다. 주인공과 사건들이 뒤엉켜 풍부하고 복잡하게 전개(갈등)되면서 몇 가지의 에피소드가 겹쳐지게 된다. 여기서 작품의 대립, 의외성, 갈등 없이 단순하고 기복이 없이 끝나는 드라마성 아이디어 부족, 아이디어는 좋지만 깊게 생각하지 못해 다양한 아이디어로 발전할 수 없는 아이디어 고갈, 그리고 캐릭터와 관계없는 분위기뿐인 상황 묘사적 관념적인 스토리는 이도 저도 아닌 채 에피소드가 빨리 끝나버리게 되니 유의하도록 하자.

[위기]는 절정으로 가기 전 주인공과 대립하는 적과의 갈

등이 점점 심화, 증폭되면서 예기치 못한 사건이나 극적 반전, 양자 택일 등 하나의 사건이 유발되어 주인공이 위기에 빠지게 된다.

[절정]은 최대위기로 이야기의 최고조에 다다르게 되며 이야기의 주제가 드러나게 된다.

마지막으로 [결말]은 마무리 단계로 주인공이 사건을 논리적, 필연적으로 해결하며 갈등이 해소된다. 여기서 주인공이 목적을 달성 했는지 못했는지에 따라 해피 엔딩이나 새드 엔딩으로 결과가 나뉘어진다. 또 다른 하나로 암시적 엔딩도 있다.

위의 구성을 바탕으로 머리 속에 있는 이미지를 가장 적절하게 글로 표현해서 자신만의 이야기를 만들어 보자.

좀 더 현실적인 이야기를 추가 하자면 사실 지금은 (아! 언제 부터인지 자세히는 모르겠지만) 전통적인 글쓰기 형식의 기-승-전-결에 얽매이지 않는 좀 더 자유로우며 파격적인 글쓰기들이 많아지고 있으며 이러한 작품들이 실제로 좋은 성과를 내고 있기도 하다.

기-승-전-결 이 아닌 기-전-결-결이나 기-기-승-결 등 등 전통적인 글쓰기 형식에서는 도무지 납득할 수 없는 형식 파괴의 작품들이 쏟아지고 있으나 이 역시 시대의 흐름으로 무엇이 맞고 틀리고의 문제는 아니라 생각한다.

말하자면 기본형식을 무시하며 이야기 구조보다는 상황과 캐릭터만으로 승부하는 작가들도 존재하고, 기본형식을 익혀둔 상태에서 형식 파괴를 통해 자신만의 글쓰기 방법을 찾아낸 작가들도 있으며, 여전히 전통적인 이야기 구성방식을 고수하는 작가들도 있다.

창작에 정답은 없는 것이다. 각기 다른 개개인의 얼굴만큼 각기 다른 글쓰기 방식이 존재하는 셈이다.

다상, 다독, 다필. 많이 상상하고 많이 읽고 많은 글을 써보는 과정에서 언젠가 자신만의 글쓰기를 발견할 수 있을 것이다.

③ 콘티

자신의 스토리를 만화화 하기 위한 첫단계인데 전체적인 화면의 구성과, 컷과 컷사이의 흐름 등 작품 설계도이자 연출지도이다. 작품의 길을 잃지 않으려면 치밀하고 꼼꼼한 콘티 작업은 필수이다.

시나리오 형식의 문서로 이야기를 작성한 후 콘티작업을 진행하는 작가들도 있고 처음부터 콘티형식으로 스토리를 작성하는 작가들도 있는데 이 역시 각자 익숙한 방법대로 작업한다고 보면 되겠다.

이야기가 작가 자신의 생각이라면 콘티는 작가의 생각을 대중에게 전달하는 대화라고 생각하면 된다. 어떤 목소리로 대화할지, 대화의 속도는 어떻게 가져갈지 등등 능력 있는 스피치 강사의 강의를 생각해 보라. 같은 이야기라도 이야기의 완급 조절과 목소리 톤의 높낮이만으로도 대중의 집중도는 확연히 달라진다. 콘티 연출이란 지극히 개인적인 작가의 이야기를 어떻게 대중이 쉽고 재미있게 받아들이게 하느냐 하는 것이다

"글을 잘쓰는 사람과 이야기를 재미있게 들려주는 사람은 같은 의미일 수 있지만 완전히 다르다. 그림을 잘 그리는 사람과 만화를 잘 그리는 사람 역시 같은 의미일 수 있지만 완전히

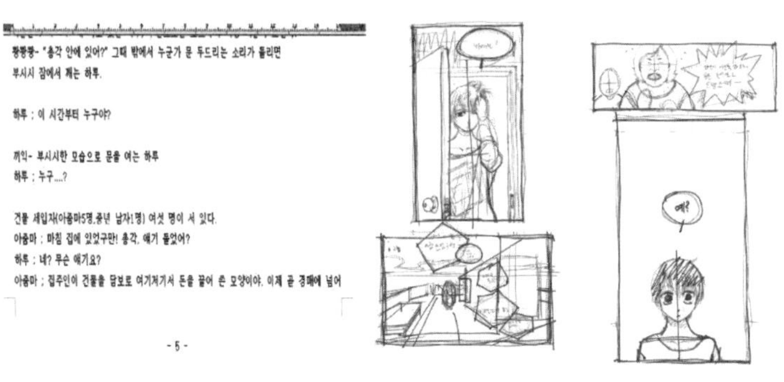

다르다." 이야기를 재미있게 들려주고 만화를 잘 그리는 최우
선단계 그것이 바로 콘티 연출이다. 화면에 들어가는 인물, 배
경, 말풍선, 효과선 등 아주 사소한 한가지의 위치 구성까지도
작가가 전달하고자 하는 이야기의 흥미를 유발시킬 수 있는
장치가 될 수 있다.

④ 스케치 및 선따기

앞서 작성한 콘티를 기반으로 해서 스케치 작업을 한 후
펜작업을 통해 선따기를 한다.

만화의 전통적인 작업방식은 연필을 사용한 스케치 작업
후 펜촉과 잉크를 사용한 선따기 작업이었으나 지금은 전과
정이 디지털 작업으로 전환된 관계로 사실 스케치와 선따기

스케치　　　　　　　　　　펜선 작업(선 따기)

의 경계가 모호해졌다.

드로잉이 익숙한 작가들은 처음부터 연필툴이 아닌 펜툴을 이용해 스케치 겸 선따기를 동시에 하기도 한다. (프로그램의 연필툴을 사용하면 스케치이지만 펜툴을 사용하면 선따기가 완성되기 때문이다.)

원고 제작에 사용하는 프로그램은 대표적으로 클립스튜디오, 스케치업, 포토샵, 3Dmax 등이 있는데 작가의 역량에 따라 다양한 프로그램들이 원고작업에 사용되기도 한다.

⑤ 채색 및 편집

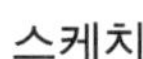

스케치

펜선 작업(선 따기)

펜작업까지 모두 끝난 원고는 웹툰용으로 채색 후 편집한
다.

채색 역시 디지털 작업으로 완성하며 작가에 따라서는 작
품의 완성도나 작업속도를 높이기 위해 외부에 채색의뢰를
하기도 한다.

편집 완성

채색까지 모두 완성되었다면 이제 웹툰용 세로 스크롤로 원고를 재단 편집한다. (클립 스튜디오 프로그램의 경우 웹툰용 원고지 기능이 추가되어 처음부터 웹툰 사이즈로 작업할 수 있는 편리함이 있다.)

작가가 접촉하려는 플랫폼에 접속해 픽셀이나 해상도 등 해당 플랫폼에서 공지해 놓은 형식에 맞는 사이즈로 최종 편집한다.

어느덧 웹툰이 주류 문화가 된 요즘은 많은 플랫폼에서 공모전이나, 도전작들을 모집하고 있다.

최종 스크롤 편집까지 완성되었다면 이제 자신이 원하는 플랫폼에 원고를 접수한다.

단 한번의 도전으로 작가가 될 수도 있지만 끝이 보이지 않는 고생길로 접어드는 순간이 될 수도 있다.

꿈을 갖고 도전하다 보면 반드시 기회가 온다는 무책임한 말은 하고 싶지 않지만, 여러분의 꿈이 좌절과 만나기 전에 속히 이루어지길 진심으로 기원한다. -nemo-

7
관심과 흥미만으론
직업이 될 수 없어요

불꽃놀이 전문가

아름이(다크네임 아가리)는 어느날 잡지에서 '불꽃놀이 전문가'라는 직업을 알게 되었어요. 재미있겠다 싶어 얼른 자신의 진로 희망을 불꽃놀이 여왕으로 갈아치웠습니다. 심심하고 지루한 걸 싫어하는 아름이의 이번 직업은 정말 해볼 만한 일일까요? 정말 아름이는 불꽃놀이 전문가가 될 수 있을까요?

탄생배경

불꽃축제는 우리나라에서는 고려시대부터 화산희, 화포회 등의 국가적인 궁중행사로 치러졌습니다. 그러다 현대에 들어선 작고 큰 축제 행사에서 자주 접할 수 있을 정도로 축제문화에 빼놓을 수 없는 소재가 됐죠. 이렇듯 불꽃축제가 대중화되고 전문화되면서 축제의 색깔에 맞게 불꽃축제를 기획하고 연출하는 전문 인력이 필요하게 되었고, 이에 탄생한 직업이 바로 '불꽃 연출가(불꽃놀이 전문가)'입니다.

불꽃 연출가라는 직업은 세계 불꽃축제나 일본의 하나비 불꽃축제 등 불꽃 전문 축제가 많아지고 알려지면서 최근 들어 사람들로부터 관심을 받기 시작했습니다. 최근에 알려졌기 때문에 아직 정확한 직업 명칭이 정해지지 않아 '불꽃 연출가', '연화사', '불꽃 디자이너' 등으로 불리기도 하죠.

하는 일

불꽃놀이 전문가는 밤하늘을 무대 삼아 불꽃 공연을 펼치는 불꽃의 창조자입니다. 이들은 축제의 콘셉트에 맞게 불꽃 축제를 기획하고 연출합니다. 단순히 이벤트 사업이나 특수 효과를 만들어 내는 사람을 말하는 것은 아닙니다.

이 분들이 하는 일을 보다 구체적으로 살펴볼까요?

우선 불꽃 축제의 기획 의뢰가 들어오면 현장 답사를 통해 발사 장소를 정합니다. 이때는 어느 정도 안전거리를 두고 얼마나 견고하게 불꽃을 설치할 수 있는지를 고려해 최종 발사 장소를 선정하게 되죠. 그 다음은 회의를 거쳐 어떤 테마로 된 아름다운 불꽃을 연출할 것인지를 정하고 이에 맞는 음악을 선정해 편집합니다. 음악 선정이 끝나면 음악에 맞춰 적절한 모양을 내는 불꽃을 구상하고 불꽃을 점화할 때의 시간 간격과 어떤 형태로 불꽃을 배치할 것인지 등을 정하며 전체적인 불꽃 축제 연출을 기획하죠. 이런 과정에서 제일 중요한 건 밤하늘에 아름다운 불꽃이 펼쳐질 때 관객들이 불꽃과 소리를 통해 얼마나 큰 감동을 받을 것인가를 생각하고 기획하는 것입니다.

다음으로 할 일은 불꽃 축제의 허가 서류를 준비해 관할 경찰서장의 허가를 받는 것입니다. 그리고 행사 당일 화약고에서 사용할 화약을 반출해 불꽃 축제 현장으로 이동하게 되죠. 기획한 대로 현장에서 불꽃 축제를 위한 화약과 발사 장치를 설치하고 최종적으로 불꽃 축제 연출을 마치면 화재 예방 및 안전 활동을 한 뒤 현장에서 철수하게 됩니다. 마지막으로 불꽃 축제 시작 시간에 맞춰 불꽃과 연결된 버튼을 누르면 불꽃 공연을 시작하게 되는거죠.

준비할 것들

불꽃연출가란 직업은 화약 분야의 전문 기술자이며, 동시에 밤하늘에 아름다운 불꽃 그림을 수놓는 종합예술가입니다. 불꽃 연출가는 불꽃 축제와 관련된 모든 기술적 요소나 예술적 요소를 한데 아우를 수 있는 지식과 경험, 능력이 필요합니다. 기본적으로 컴퓨터 운용능력(기획, 음악편집, 발사 프로그램 작성 등)이 필요하고 화약에 대한 전문 지식과 그 전문 지식을 바탕으로 아름다운 불꽃을 펼쳐 낼 수 있는 예술적 감각이 필요합니다. 뿐만 아니라 불꽃 공연을 하는 축제 산업에 대한 정확한 이해도 필요합니다.

불꽃 공연 현장에서는 기상이나 장소 여건에 따라 대처할 수 있는 상황 대처 능력도 필요하며 현장을 총 진두지휘해야 하는 만큼 강인한 체력과 정신력도 요구됩니다. 불꽃 연출에 대한 전 과정만을 전문적으로 채택해 교육하는 곳은 거의 없습니다. 이벤트학과가 있는 대학에서 실무적인 지식을 가르칠 때 잠깐 언급하는 정도이지요.

불꽃 프로모션을 진행하는 한 기업에서는 불꽃 연출가를 채용할 때 지원자의 전공을 크게 염두에 두지 않기도 합니다. 대신 불꽃연출을 위해 필요한 자격증이 있는 지원자가 우대되지요. 우리나라는 총포화약류단속법에 따라 불꽃 축제를 연출할 때 항상 화약류관리보안책임자를 선임하도록 하기 때문에 불꽃 연출자가 되기 위해서는 화약 관련자격을 취득하는 일이 필수적이며 이러한 자격증에는 화학류산업기사 및 기사, 화학류관리산업기사, 화약류관리기사, 화약류관리기술사, 화약취급기능사 등이 있습니다. 화약 관련 자격증 취득 후 불꽃 공연을 진행하는 회사에서 실무 경험을 쌓아 가는 것도 불꽃 연출가로 진출할 수 있는 방법입니다. 또한 화약에 대해서 공부하고 자격을 취득하는 데 유리한 학과(자원공학과, 화학공학, 지질학과, 토목공학 등)에서 발파공학에 관한 공부를 하는 것도 불꽃 연출가로 진출하는데 유리합니다.

그밖에 민간의 학원이나 광업진흥공사 등에서 화약 관련 자격증 취득을 위한 교육과정이 개설돼 있습니다. 화약 관련 자격증을 취득하면 총포화약안전기술협회에서 실시하는 화약류관리보안책임자 교육을 받을 수 있으며 소정의 교육을 마치면 주소지 관할 경찰청장이 주는 화약류관리보안책임자 면허를 취득하게 되어 불꽃 연출가로서의 기본 자격을 갖추게 됩니다.

불꽃 연출가로 자격을 갖추게 되면 화약을 다루는 기업체의 연화 사업부나 불꽃놀이 회사에서 근무할 수 있는데, 기업체에서는 종종 불꽃 연출가를 '연화사'라고 부르기도 합니다. 또 개인적으로 불꽃놀이 전문 회사를 경영할 수도 있습니다. 현재 우리나라 불꽃 연출가들의 역량은 불꽃놀이 분야의 선두주자라 할만큼 세계적 수준을 자랑합니다. 해외에서는 불꽃 연출가라는 직업이 아예 없거나 낙후돼 있는 실정이죠. 따라서 글로벌 시대에 맞취 충분한 역량을 갖춘다면 우리나라뿐 아니라 세계 무대까지 진출이 가능할 것으로 보입니다. 불꽃연출가는 화약 관련 자격증이 있어야 한다는데, 그것은 어떻게 취득할 수 있을까요?

자격증에 대한 모든 정보를 찾을 수 있는 사이트를 안내해 드리겠습니다. 요즘 스펙 전쟁이 치열하다 보니 각종 자격증을 얻기 위한 경쟁이 과열되고 있습니다. 그중에는 국가 공인을 받지 못한 자격증도 적지 않은데, 국가의 공인 여부를 확인할 수 있는 곳이 바로 한국산업인력공단에서 운영하는 Q-net입니다.

이곳에서는 자격증을 국가자격, 민간자격, 외국자격 등으로 나누어 자격증 개요, 수행 직무, 진로 및 전망, 종목별 검정 현황 등을 안내하고 있습니다. 아울러 자격증 취득을 위한 원서 접수를 받기도 하고, 필기/실기 시험을 준비하는 응시자를 위해 관련 문제를 공개하고 있답니다.[4]

불꽃놀이 전문가가 되기 위해서는 일시적인 호기심만으로는 이룰 수 없는 과정이 있어요. 직업의 화려함에 취해서 발을 디밀었다가는 그 과정의 지난함 때문에 그만두는 경우가 많이 있거든요. 그러므로 어떤 과정이 있는지를 차근차근 살펴본 후 시작을 하는 것이 좋습니다.

---

4) 출처: 대한민국 정책브리핑 – '불꽃놀이 전문가'(www.korea.kr)

직업을 선택할 때 가장 먼저 해야 할 일은 직업에 대한 다양한 정보를 찾아보는 것이 좋겠습니다. 하는 일이 무었인지, 어떤 준비가 필요한지, 어떤 어려움이 있는지, 그 직업에서 필요로 하는 적성과 흥미는 무엇인지 등을 객관적으로 따져보는 것이 필요합니다.

그 과정 속에서도 여전히 여러분의 관심이 지속된다면 목표로 하는 직업을 갖기까지 1년 후, 5년 후, 10년 후, 20년 후 등을 그려보는 것입니다. 직업에 멘토가 되는 분이 있다면 회고록이나 자서전 등을 훑어보고, 인터뷰 기사 등을 찾아보는 것도 좋은 방법입니다.

그 다음으로는 단기 목표를 세우고 실천해보면 좋습니다. 흥미 있는 직업을 갖게 되는 것은 단순하고 쉽지는 않습니다. 이렇게 어려운 과정들을 하나하나 이루어 가려면 시간을 짧게 쪼개어 할 일을 정하는 것이 필요합니다. 그렇지 않으면 그 과정 속에서 길을 잃을 수 있기 때문입니다.

아름이가 흥미를 느끼고 있는 불꽃 놀이 전문가는 우선 화학 분야의 전문 기술자이므로 이 분야의 진학을 위해서는 수학과 과학을 잘 해야 합니다. 그러므로 한동안은 수학과 과학 과목을 특히 열심히 해야 합니다.

그리고 또 한 가지, 한 직업에 대한 관심의 끈을 놓지 않으면서 다른 직업에 관한 자료를 찾아보는 것이 필요합니다. 왜냐하면 아름이처럼 쉽게 흥미를 느끼는 학생들은 직업에 대한 정보를 접했기 때문에 금세 반응하지만 조금 멀어지면 흥미가 금방 시들게 되기 때문입니다. 앞으로 다른 직업을 알게 되면 관심이 옮겨가게 될 것입니다. 이런게 관심이 변하는 것이 이상한 일은 아닙니다. 정상적인 현상입니다. 너무 어렵다고요? 오랜 기간 생각하고 치밀하게 준비하지 않는다면 어떤 일이 일어날까요?

한국경영자총협회가 전국 392개 기업을 대상으로 조사해 발표한 신입, 경력 사원 채용 실태 특징에 의하면 대졸 신입 사원의 1년 이내 퇴사율이 23.6%였다고 합니다. 이전 2010 조사 때보다 7.9% 높아졌다고 해요. 합격하고도 입사를 포기하는 입사 포기율도 7.6%나 됐다고 해요. 기업들은 신입 사원의 조기 퇴직 사유로 '조직 직무 적응 실패'를 꼽았습니다. 그러니 조금 번거롭고 고통스럽다고 하더라도 정확한 목표를 잡고 계획적으로 헤쳐 나갈 때 오래오래 행복한 직업인으로 살 수 있습니다.

좀 더 알아보기

아직도 잘 모르겠다고요? 꿈을 찾는 여정이 참 길고 험하죠. 이번에는 여러분의 관심분야를 정한 후 자신의 흥미를 끄는 직업, 잘 모르겠지만 더 알고 싶은 직업을 체크해보세요. 탄생 배경,

하는 일, 근무환경, 준비 방법, 진출 현황, 전망 등이 워크넷(www.work.go.kr)에 잘 나와 있어요. 선택하기 전에 꼭 들어가보세요.

아름이는 불꽃 연구가 이외에도 어떤 직업이 있는지 알아보고 싶어졌어요. 모두 신기하고 재미있을 것 같았어요. 하지만 어느 한 가지를 골라 계속한다는 건 아름이에겐 쫌, 자신이 없는 일이었습니다.

8
적성에 맞는 직업은
어떻게 찾죠?

안녕하세요? 세 번째 부스에 오신 걸 환영해요. 저는 직업 흥미 이론을 만든 홀랜드(Holland, john L. 1919~2008년)라고 합니다.

이 부스에선 학생들의 흥미에 맞는 직업을 선택할 수 있도록 표를 하나 소개하려 해요.

다음의 표를 통해 자신이 어떤 성격을 가지고 있는지, 어떤 일이 맞는지 참고해보세요. 앞서 보았던 것처럼 흥미만으로는 직업을 선택하기 어렵답니다.

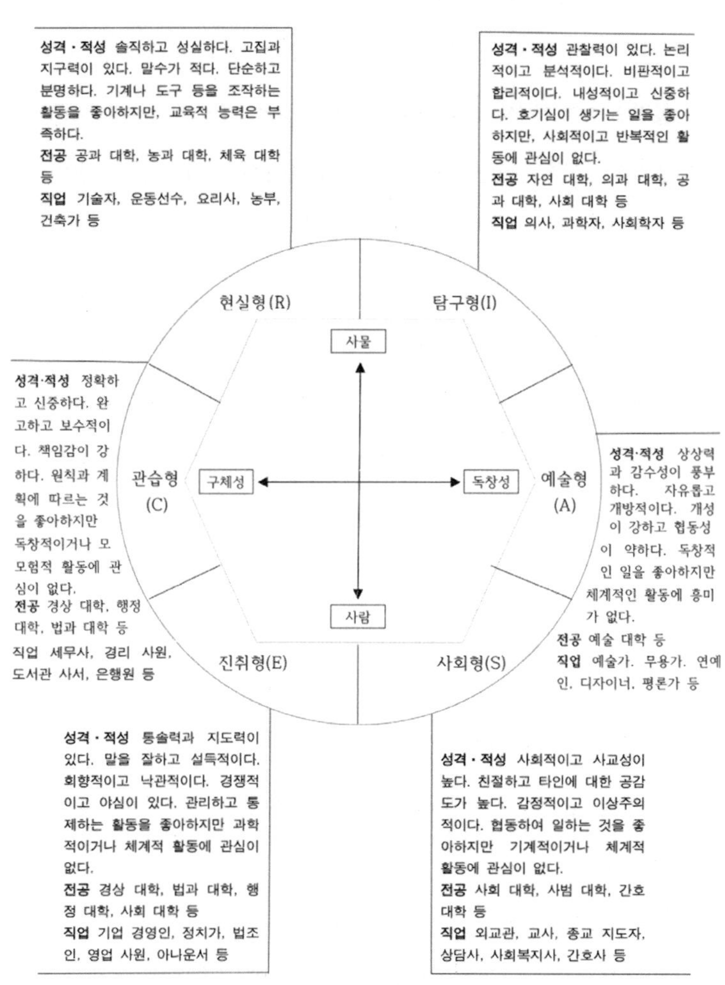

홀랜드(Holland, john L. 1919~2008년) 직업 이론

꼭지 : 안녕하세요? 어떤 일을 할지 모르는 아이들이 참고하면 좋을 것 같아요. 이 표는 어떻게 만드시게 된거예요?

홀랜드 : 제가 직업 흥미에 대해 관심을 가지게 된 것은 군 복무하던 시절부터였어요. 제2차 세계대전 당시 저는 군대의 인사과에서 근무하고 있었답니다. 인사과는 효율적으로 사람들을 배치해 가장 적절한 일을 하도록 돕는 역할을 하는 곳이에요. 그래서 제가 하는 일은 사병들을 부대 내에 배치하고 업무를 감시하는 일이었죠. 그런데 그 일을 몇 년 하다보니 개인의 성격에 따라 특정 직무에 만족해한다는 걸 알게 되었어요. 아, 직업은 그 일을 하는 사람들의 성격, 심리와 밀접한 관련이 있는거구나 생각을 하게 되었습니다. 전쟁이 끝난 후 저는 미네소타 대학교에서 직업분류 체계에 관한 연구를 시작했고 웨스턴리저브대학교에서 직업상담자로 근무하면서 직업 실험을 계속했습니다.

아가리 : 이 표가 선생님이 만드신 거군요? 저도 한번 해보고 싶어요.

홀랜드 : 예. 좋아요. 두 학생 모두 해봅시다.

아가리 : 저는 기발한 아이디어를 잘 내는 편인데요. 아이들과 함께 하는 것보다는 혼자 기분 내키는 대로 일할 때 더 좋은 결과를 내곤 해요. 하지만 싫증을 잘 내고 체계적으로 하는 걸

싫어하죠.

꼭지: 그래서 애네 집 식구들은 아무도 얠 건들지 못해요.

홀랜드: 하하. 그렇다면 예술형이 맞네요. 그런 유형으로 유명한 분이 '월트 디즈니'가 있답니다.

아가리: 정말요? 그렇게 유명하신 분과 같은 유형이라니 기분이 마구마구 업되는 것 같아요.

홀랜드: 디즈니는 '웃음은 유행을 타지 않고 상상력은 나이를 따지지 않고 꿈은 영원하다'는 확신을 가지고 있었어요. 그래서 그의 만화 영화에는 웃음과 상상과 꿈이 늘 등장하고 있죠. 아가리 양도 어떤 확신이 드는 순간 전혀 다른 사람이 될 수도 있어요. 한번 기다려보세요. 하하.

꼭지: 선생님. 저는 솔직하고 책임감은 있는데 고집이 센 편이에요. 아가리보다는 아이디어가 부족한데요. 어떤 유형일까요?

홀랜드: 꼭지양은 현실형으로 보이네요. 한국의 김연아 선수가 그 유형입니다. 김연아 선수는 끊임없는 노력으로도 유명한데요. "노력과 타고난 재능은 반반이라고 생각해요. 재능을 유지하려면 많은 노력이 필요하니까 끊임없는 연습과 노력이 중요합니다."라고 말했어요.

꼭지: 결국 연습과 노력이 키워드라고 할 수 있네요. 뭐, 확신

이 생긴다면 그럴 수 있을 거 같아요. 하지만 확신이 드는게 없는 걸요.

홀랜드 : 한 눈에 반해서 사랑을 하게 되는 사람도 있지만 서서히 알게 되면서 불타오르는 사람들도 있잖아요. 그러니 여러분도 많이 찾아보고 시도해보세요. 아마 자신에게 꼭 맞는 적성과 직업을 찾을 수 있을 거예요.

9
내가 꿈꾸던 직업,
사라지면 어째죠?

"이 직업 10년 후 사라진다."

"AI로 대체될 직업군."

"빠르게 변화하는 직업군."

"인공지능이냐, 인간이냐?"

얘들아, 안녕?

이 곳은 미래 직업 알아보기 부스이고 나는 '미래예측 시나리오 AI' 나래 쌤이란다.

위에 적힌 문구들을 본 느낌은 어때? 밝고 희망차기 보다는 두렵고 긴장되는 친구들이 많을 거야. 이 말들은 인터넷에 '직업'

혹은 '직업의 미래'를 치면 줄줄이 나오는 말들이기도 해. 우리들의 생각은 긍정적인 자극보다는 부정적인 자극에 민감하고 또 오래 기억하기도 하잖아? 그러니 우리의 머리 속에도 직업과 관련된 미래가 아마 부정적으로 인식될 거야.

하지만 결론적으로 이야기하자면 이런 위기의식은 예전에도 있었고, 지금도 마찬가지이고, 앞으로 그럴 거라는 거야. 시간은 흐르고 흐름 속에서 사람들도 변하는 것 같아. 그 사람들의 변화를 잘 보고 적응하려는 태도를 갖는다면 훨씬 낙관적인 사람이 될 수 있어.

'내가 오래 꿈꾸던 직업인데… 사라지면 어쩌지?'라는 질문은 생존본능, 혹은 위기의식에서 나오는 거래. 노력만 하고 결과는 없는 억울한 인생이 될까봐 걱정하는 거라고 할 수 있지.

스스로 포기하거나 꿈이 바뀐다면 모르겠지만, 오랜 시간 사랑하고 꿈꾸던 것이 하루 아침에 직업 목록에서 사라진다는 건 엄청난 충격일 거야.

초등학교 희망 직업을 살펴보면 교사, 운동선수, 의사, 요리사, 법조인(검사, 변호사), 가수, 제빵 제과원, 과학자, 프로게이머 등이 인기 직종이야. 예전에 비하면 전문 직종이 많아지고 권력의 상징이라 할 수 있는 대통령이 없어졌다는 게 특징이지. 한편 과학자라는 직업도 초등 학생들의 희망 직업으로 오르락내리락

하기 시작해.

초등학생들의 꿈은 자주 바뀌고 부모님의 입김 때문에 달라지기도 해. 그 때문에 엄마아빠가 원하는 진로를 고스란히 느낄 수가 있지. 판사, 검사, 변호사, 교사, 의사 같은 전문 직종이 많이 나오고 특히 교사나 의사, 공무원은 직업 중의 꽃이라 할 수 있을 정도야.

중학생이 되면 어떨까? 초등학생 시절과는 다른 변화가 생겨. 교사는 부동의 1위지만 운동선수와 아이돌 가수의 순위가 뒤로 밀리게 된단다. 초등시절의 2위이던 운동선수는 4위로, 7위이던 가수는 9위가 된다. 교사는 여전히 1위라는 거지. 초등, 중등에서 3위이던 의사는 8위로 밀려난다. 그리고 운동선수와 가수는 아예 높은 순위에서 그 자취를 감추고 있어.

한국직업능력개발원에서 조사한 청소년 희망직업을 살펴보면 성장단계별 진로고민을 고스란히 읽을 수 있어. 인기 직업에 대한 관심이 사라진 것은 아니야. 이 성적으로 의사가 될 수 있을까? 혹은 이런 성적으로 검사가 되기는커녕 피고인이 될 것 같다는 핀잔과 자신의 성적을 보면서 희망 직업이 변하는 것이다.

초등학교 시절에 인기가 많던 가수와 운동선수는 중학 시절엔 밀리기 시작해 고등시절에는 아예 자취를 감추게 돼. 경제적

<표 1> 학생의 희망 직업 – 상위 10개

(단위: %)

구분	초등학생		중학생		고등학생	
	직업명	비율	직업명	비율	직업명	비율
1	운동선수	9.8	교사	11.2	교사	8.0
2	교사	6.5	의사	5.5	간호사	4.8
3	크리에이터	6.1	운동선수	4.6	군인	3.6
4	의사	6.0	경찰관/수사관	4.3	경찰관/수사관	3.3
5	경찰관/수사관	4.5	컴퓨터공학자/소프트웨어개발자	2.9	컴퓨터공학자/소프트웨어개발자	3.3
6	요리사/조리사	3.9	군인	2.7	뷰티디자이너	3.0
7	배우/모델	3.3	시각디자이너	2.6	의사	2.9
8	가수/성악가	3.0	요리사/조리사	2.6	경영자/CEO	2.5
9	법률전문가	2.8	뷰티디자이너	2.3	생명과학자 및 연구원	2.5
10	만화가/웹툰작가	2.8	공무원	2.3	요리사/조리사	2.4

한국직업능력연구원(2022.7)
조사대상 – 초6: 6,929명, 중3: 8,649명, 고2: 7,124명

현실성 질문에 자신 있는 답변을 하지 못한 결과라 할 수 있어. 의사의 꿈이 밀려난 것 또한 실현 가능성 때문이고 가수의 꿈이 사라진 것은 경제성까지 판단의 기준으로 작용한 결과야.

사회는 대부분 경제적 논리로 여러분의 꿈을 재단하려 하지. 전체 실업자 통계 중 절반은 대졸자이며, 차라리 대학을 포기하고 공무원시험을 준비하는 청소년이 5년 단위로 가파르게 늘어나고 있대. 어린 시절부터 냉엄한 현실 논리 앞에서 우리들은 꿈의 변화, 직업의 변화를 겪으며 살아가고 있어. 그러다보니 앞으로 미래 직업은 어떻게 될까 부정적 뉴스에 귀를 쫑긋하게 되는 거지.

문명이 빠르게 변화 발달하게 되면서 우리의 미래 또한 급박하게 변해. 우리의 미래를 책임질 수 있는 사람이 없는 게 안타깝지. 미래직업에 대해 지나치게 이분법적으로 말하지는 말자.

"지금 너희들이 꿈꾸는 직업들은 대부분 미래에 사라질 거야. 정신 바짝 차리고 공부하지 않으면 살아남지 못해. 알겠니?"

어른들이 이렇게 말하는 건 많이 들어봤을 거야. 이런 말들은 너희들에게 불안감만 키워주는 언어폭력이라고 할 수 있어. 한마디로 청소년의 꿈은 파괴되고 현실의 고통은 가중되지. 극단적이고 단편적으로 접근해서 좋은 결과가 없다지만 어른들도 어떻게 해야할지 방법을 잘 모르기 때문에 다그치는 것뿐이야. 이런 식의 접근법은 뜨는 직업, 지는 직업과 같은 이분법으로 전개되곤 해.

직업의 전망보다는 자신의 소질과 적성을 차분하게 찾아가는 친구들에게 전망을 강조하며 특정 직업 등을 권유하는 것도 문제라고 생각해. 이런 상황에서 너희들이 자신의 삶에 대해 구체적이고 다양한 생각을 하지 않는다면 사회의 변화를 따라가지 못하고 큰 물줄기에 휩쓸려버릴 수 있어. 하나밖에 없는 인생을 포기하고 무기력하게 쓰러질 수는 없잖아?

요즘 우리 생활은 과거와 어떻게 다른지 생각해보자. 한강공원에서 드론을 날리고, 우리 이웃들은 3D 프린팅으로 만든 피자를 맛보라고 사람들을 모은다. 오랜 시간 진로 탐색을 한다고 해도 그걸 써먹어보기도 전에 변해있는 사회를 따라가기 바쁘다.

그러니 우리가 지금 해야 할 일은 변화해 온 것들 통해 미래를 탐색하는 거야. 모든 일이 단계가 있듯 진로 탐색 또한 단계가 존재하지. 기존 진로교육 기반을 이해하고, 그 다음 미래직업에 대한 통찰을 익혀야 한다.

여기 두 명의 진로 선생님이 상담을 하고 있어.

A 선생님이 한 학생에게 물었다.

"꿈이 뭐니?"

"운전을 하고 싶어요. 차를 타고 다니는 게 신나거든요."

이 말을 듣고 선생님이 혀를 찬다.

"자율주행차가 나오는데 무슨 소릴 하고 있는 거니? 운전은 미래에 사라질 직업이야. 더 이상 운전하지 않는 세상이 올 거야. 그러니 꿈을 바꾸는 게 좋은 거야."

B 선생님은 같은 상황에서 다르게 말한다.

"앞으로 무슨 일을 하고 싶니?"

"비행기나 기차 같은 탈것을 운전하고 싶어요."

"그걸 왜 하고 싶은데?"

"저는 돌아다니는 것을 좋아하거든요."

"선생님은 집에서 식물 기르는 것을 좋아하는데 신기하구나. 어떤 점이 좋은 거지?"

"그냥요."

"조금만 더 생각해 보자. 네가 하고 싶은 일이 왜 좋은지 알면 좋은 직업을 얻을 수 있을 거야."

"속이 뻥 뚫리는 거 같아요. 그래서 정신도 건강해지는 것 같구요."

"네가 몸을 움직이는 걸 좋아하는 것 같아. 격하게 움직이는 것보다는 기계를 조작하면서 조금씩 움직이는 걸 말야."

"예, 맞아요. 달리는 것보다는 자전거 타는 걸 더 좋아해요."

"그리고 또 좋은 건 뭐였어?"

"제복을 입고 계신 모습이 멋있었어요."

"겉모습이 멋있어 보이지만, 승객의 안전을 책임지는 그 일이 무척 부담스러울 수도 있어. 항공기 사고나 배 사고 등으로 얼마나 많은 희생자들이 생기고 가족들이 괴로움을 당하지?"

학생은 자신도 모르게 깊이 생각한다.

"책임감이나 사명감이 꼭 필요하겠네요?"

"맞아. 그럼 너는 그런 사명감, 희생정신이 있을까?"

"있어요. 전교 회장을 한 적이 있고, 반장도 많이 했거든요."

"오, 좋은데."

선생님은 이제 두 번째 단계로 넘어간다.

미래직업관에 대한 이야기가 시작되는 것이다.

"그런데 네가 커서 조종사가 될 때가 되면 더이상…."

"예?"

"운전자가 필요없어질 수도 있어. 자율 주행이 가능해지고 AI가 활용될 테니까."

"아, 그렇겠네요. 에이, 그럼 저는 꿈을 포기해야겠네요."

"정말 그럴까?"

"그럼 필요가 없는데 뭘 할 수 있겠어요?"

"미래에도 많은 사람들은 이동할 거고, 자율주행이 된다 해도 사람이 필요없는 건 아니야. 사람들이 위험에 처하는 상황은 발생하겠지?"

"그건 그렇죠."

"그러면 혹시 사람을 돕고, 기계를 다루고 싶은 너의 마음은 변함이 없을까?"

"하지만 그럼 뭐해요. 제가 필요 없어진 건데요."

"컴퓨터는 우리 삶을 정말 편리하게 해준 기계야. 하지만 컴퓨터가 모든 일을 하지는 않잖아. 고장이 났을 때 그걸 고쳐야 하고, 평소에도 관리를 해줘야 하는 거지."

"기계가 스스로 존재하는 건 아니니까요."

"그러니 직접 운전을 하지는 않더라도 기계를 관리하는 일은 인간의 몫인 거야."

"조종사 대신 조종 전문가가 되는 거네요."

"그렇지. 일은 더 전문화되고 몸은 좀 편해지지 않을까?"

자신의 꿈을 바꾸지 않아도 되자 학생은 미소를 지었다.

"내가 꿈꾸던 직업은 사라질까?"

"그럴 리가!"

우리의 꿈은 미래 사회에 맞게 변화하고 응용된다.

절망은 온몸의 힘을 빼앗고 기대감도 접게 하지만, 희망은 그 상황에 맞게 새로운 것을 만들어내도록 돕는다. 희망을 유지하기 위해서 우리는 통찰력을 가질 필요가 있다.

10
잘하는 일? 좋아하는 일?
자기애적 강박에서 벗어나까

〈홀랜드 오퍼스 줄거리〉

1964년, 글렌 홀랜드(Glenn Holland: 리차드 드레이퍼스 분)는 전업 작곡가로서의 생활을 접고 한 고등학교 음악 선생님으로 취직한다. 4년 정도 직장생활을 하면 여유있게 작곡을 할 수 있겠다는 계획이 있었다. 하지만 교직 생활은 녹록치 않았다. 빽빽한 시간표, 구제 불능의 오케스트라, 무관심과 무성의한 학생들의 태도가 그를 괴롭힌다. 게다가 아내 아이리스(Iris Holland: 글렌 헤들리 분)는 임신으로 직장생활을 할 수 없게 되어 혼자 생계를 유지해야 하는 상황. 학교에서의 홀랜드는 성실하고 인기 많은 음악 선생님이자 한 아이의 아버지로 자신의 열정을 학교 생활에 쏟아붓는다.

학교에는 밴드부가 만들어졌고, 음악시간에는 클래식 뿐만 아니라 비틀즈와 롤링스톤즈의 락앤롤로 채워졌다. 이에 대해 동료 교사들과 학부모들은 지나친 객기라고 생각한다. 홀랜드의 노력으로 교향악단의 연주는 많은 박수갈채를 받는다. 자신과 같은 길을 갔으면 좋겠다는 마음으로 아들에게 음악을 가르치고 싶었으나 아들은 청각장애로 판명되어 크게 실망한다. 아들이 비틀즈와 존 레논을 알지 못할 거라고 생각했으나 콜은 자신도 비틀즈와 존 레논을 알고 있으며 아빠의 도움이 필요하다고 호소한다. 이 사건 이후, 아들을 다른 방법으로 사랑해야겠다고 생각한 홀랜드는 아들이 다니는 특수학교 강당에서 농아들을 위한 불빛 음악회를 열고 자신의 사랑을 존 레논의 노래 'Beautiful Boy'로 표현하여 아들 콜(Cole at 6 Years Old: 니콜라스 존 레너 분) 뿐 아니라 관중들에게도 깊은 감동을 준다.

세월이 가고 그에게 도움을 주었던 제이컵스 교장이 퇴임한 후, 60살이 된 홀랜드는 교직생활 30년을 지내고 학교를 떠나게 된다. 학교는 긴축 재정을 위해 음악 프로그램을 모두 없애고, 홀랜드를 해직시킨 것이다. 홀랜드는 좀더 치열하지 못했던 자신의 삶을 후회하며 학교를 떠날 준비를 한다. 강당

쪽에서 음악 소리가 들리고 홀랜드 가족은 음악을 따라 들어가본다. 아이들이 자신을 위해 교향곡을 연주하고 있었던 것이다. 홀랜드는 자신을 위해 연주하는 아이들에게 감사하며 마지막 지휘봉을 잡게 된다.

홀랜드의 작품 '아메리카 교향곡'이 제자들에 의해 연주되는 영광을 맛보게 된 것이다.

안녕하세요?

저는 글랜 홀랜드라고 합니다. 케네디 고등학교 음악 선생님입니다.

행복중학교 진로 쌤과 AI 나래쌤이 아름과 민경에게 꿈과 직업에 관한 조언을 해달라고 부탁하셔서 영상 편지를 띄우게 되었어요. 제가 사는 곳은 오하이오주의 한 고등학교랍니다. 저는 학생들이 가진 맑고 열정적인 기운을 사랑하는 사람입니다. 민경이와 아름이도 우리 학교 학생들처럼 저에게 좋은 기운을 주는 학생들

홀랜드 선생님

같아요. 무엇보다 꿈을 가진 새싹들을 만나 반갑고 고맙습니다.

제가 교향악 작곡자에서 음악 선생님으로 직업을 바꾸게 된 건 생활의 문제 때문이었지만, 이 학교에서 학생들을 만나다보니 누에가 실을 자아내듯이 음악을 생활 속에서 제자들에게 전해주고 있었던 같아요.

30년간 고등학교에 재직하면서 교향악단을 이끌고 가르친 제자들이 나처럼 음악을 사랑하고 연주하고 가수가 되기도 했습니다.

저는 20대까지 늘 음악 속에서 숨쉬면서 살았던 사람이에요. 나의 멘토들처럼 여러분의 멘토들은 "늘 가슴 뛰는 일을 해라!"라고 말할 것입니다. 저에게는 교향악 작곡이 그런 일이었습니다. 꿈과 직업에 관한 책들 대부분도 그런 말을 하고 있을 겁니다. 참 멋진 말이고 맞는 말입니다.

하지만 곰곰이 생각해보면 이 말 속에는 아주 심한 '강박'이 숨어 있어요. '내가 하고 싶은'이라는 강박이죠. 상황과 관계 속에서 자리를 잡지 못하면 실현되지 못하는 게 꿈이라는 거죠. 만약 모든 사람이 강박적으로 자신의 욕망, 혹은 꿈을 고집한다면 우리 사회는 어떻게 될까요? 누구나 자신의 꿈을 이루기 위해 선택한 직업에서 최고가 될 수는 없어요. 또 꿈을 직업으로 이루었다고 꼭 행복해지는 것도 아닙니다. 그만큼 음악 작곡가는 저의 꿈이자 운명이라고 생각했었죠. 결혼을 하고 생활 문제에 부딪혀 고등학교 음악 선생님으로 직업을 바꾸게 된 건 매우 어렵고 복잡한 선택이었지만 지나고 보니 어떤 면에선 꿈에서 멀어진 것이 아니라 꿈을 함께 꾸기 위한 방법이었음을 알게 되었습니다. 30여 년간 가르친 제자들과 저의 아들이 저처럼 음악을 사랑하고 작곡을 하고 연주를 하게 되었거든요. 그리고 그들이 저를 통해 음악을 느낄 수 있어서 행복했습니다.

요즘 학생들에게 꿈을 물어보면 '공무원'이나 '연예인', '건물주' 등으로 대답하는 경우가 참 많더군요. 얼마 전까지는 '의사', '변호사', '선생님' 등이 많았고요. 그래서 꿈이라거나 욕망이라는 것도 꼭 우리 마음에서 우러나거나 매력적인 것이라서 선택하는 것이 아니라 그 나라의 특수한 상황이나 사회 분위기와 밀접하게 연관이 있음을 알 수 있어요. 요즘 공무원을 선호하는 학생들도 정말 그 일이 좋아서라기보다는 취업이 어렵고 안정성이 없는 사회탓에 만들어진 현상이라고 생각할 수 있다는 거죠.

내가 좋아하는 것을 반드시 해야 한다는 자기중심적인 강박이 진정 가슴뛰는 일과 만나지 못하는 상황일 때 마치 실패자인 것처럼 좌절하게 만들기도 하고, 스스로를 망치게 만들기도 합니다.

'아이돌 가수'가 꿈이었던 학생들이 모두 가수가 되거나 혹은 가수가 되지 못하면 어떻게 될까요? 무의미한 현실 속에서 아마 심한 공허감으로 자신을 방치하는 상태가 되고 말거예요.

그러므로 가장 중요한 것은 자신의 욕망과 사회적인'소통'이 결합하는 지점을 잘 잡아야 한다는 것이죠. 하고 싶을 뿐 아니라 '해야'하는 일에서도 의미를 발견하고 잘 하려고 노력해야하는 것입니다.

나의 꿈만 강조하는 이 세상은 엉망진창이 될 것입니다.

어릴 적의 재능이나 관심이 훗날 족쇄가 되지 않도록 현실을 잘 살펴보시기 바랍니다. 꿈이 없다고 좌절할 필요도 없습니다. 꿈이 있다면 있는 대로, 또 꿈이 없다면 없는 대로 사회적인 관계망 속에서 자신을 실현시키면 됩니다. 꿈이 이루어진 이후에도 삶은 계속되고 꿈이 없는 상태 속에서도 행복은 찾을 수 있어요.

저는 아들이 음악을 느낄 수 없다는 것에 절망한 적이 있었어요. 태어날 때부터 청각을 잃은 상태였거든요. 하지만 청각이 없는 상태로도 음악을 즐길 수 있는 길이 있다는 걸 알게 되었습니다. 인간은 꿈을 이룰 때 행복한 것이 아니라, 어쩌면 오래오래 꿈 꿀 수 있을 때 행복한 것은 아닐까 생각합니다.

민경, 아름 양 오늘 하루 즐겁게 보내고 기회가 된다면 나의
이야기, '홀랜드 오퍼스'를 영화로 꼭 보기 바랍니다. 안녕!

11
피할 수 없다면
즐겨라

자, 앞으로 여러분이 이루어갈 미래 직업에 대해 구체적으로 예측해볼까?128

우리 인간들은 오래전부터 다양한 방식으로 생존을 이어왔어. 그만큼 직업도 다양하게 변화해 왔지. 직업은 3가지를 원인으로 변화해왔다고 해. 생활의 안정으로 도시가 발달했고 그 도시에 많은 사람들이 살게 된 것, 무리지어 살게 된 사람들이 그들만의 생활방식을 만들어 냈고, 각 지역마다 독특한 방식의 생활방식이 생기게 된 것, 세 번째가 다양한 생활방식에 맞는 산업구조가 생겼다는 거야. 사회가 형성되고 변화하면서 달라졌듯이 앞으로의 세계 또한 더 다양화할 것으로 예측할 수 있어. 예측을 더 정확하게 하려면 사람들의 모습을 다양하게 살펴볼 필요가 있어.

①기술의 변화-첨단과학의 발달, ICT(information and Comm-
unications Technology)의 발달

②산업구조의 변화-농림어업, 제조업 일자리의 변화, 서비스산업
확대

③인구구조의 변화-베이비붐 세대 퇴직, 저출산, 고령화

④지구환경의 변화- 기후 예측 중요성 부각, 환경기준의 강화

⑤생활방식의 변화- 생활여건의 향상, 삶의 질 향상

⑥정부 정책의 변화-금리정책, 부동산정책, 복지국가지향, 기후
변화로 인한 규제

⑦글로벌 환경의 변화-국제화시대, IT발달로 국가 간 경계 변화

⑧직업가치관의 변화-고용안정 중시, 평생직장보다는 평생직업
중시

한국고용정보원에서 발표한 〈한국직업전망〉이라는 리포트
에는 향후 10년간 우리나라 직업 세계에서 나타날 10가지 트렌
드를 발표했다.

①엔지니어 및 전문직의 고용증가 및 전문화

②환경 및 신재생에너지 관련 직종의 고용증가

③창조산업 관련 직종의 고용증가

④미용 및 건강 관련 직종의 고용증가 및 전문화

⑤안전과 치안, 보안 관련 직종의 고용증가

⑥개인 서비스 및 반려동물 관련 직종의 고용 증가 및 전문화

⑦저출산 및 고령화에 따른 직업 구조 변화

⑧온라인 거래 및 교류 방식의 확산에 따른 직업 구조 변화

⑨기계화와 자동화에 따른 생산기능직의 고용 감소

⑩3D직종의 고령화 및 청년층 취업 기피로 인한 인력난 가중

이를 바탕으로 앞으로 도입될 직업 100가지를 예측해볼 수 있다.

개인 서비스 분야

①소셜미디어전문가　　　②도우미로봇전문가

③이혼부모코디네이터　　④여가생활상담원

⑤타투이스트　　　　　　⑥네일아티스트

⑦주변환경정리전문가　　⑧이혼플래너

⑨매매주택연출가　　　　⑩디지털장의사

⑪소비생활어드바이저

경영 행정 분야

① 협동조합코디네이터 　②자금조달자

③ 평판관리전문가 　④분쟁조정사

⑤ 그린마케터 　⑥기업프로파일러

⑦ 기업컨시어지 　⑧탄소배출권중개인

⑨ 직무분석가 　⑩신사업아이디어 컨설턴트

공공 안전 분야

① 민간조사관 　②영유아 안전장치 설치원

③ 도로안전유도원 　④교통행정처분상담자

교육 분야

① 재능기부코디네이터 　②빅데이터전문가

③ 과학커뮤니케이터 　④뇌기능분석/뇌질환전문가

⑤ 줄기세포연구원 　⑥감성인식기술전문가

⑦ 인공지능전문가 　⑧홈스쿨코디네이터

⑨ 창의트레이너 　⑩보조교사

⑪ 지역사회교육코디네이터 　⑫잡투어플래너

⑬ 정밀농업기술자

복지 분야

①조부모-손자녀 유대관계 전문가

②베이비플래너　　　　　　　③장애인여행코디네이터

④육아감독관 방문목욕도우미　⑤입양사후관리원

⑥노년플래너　　　　　　　　⑦케어매니저

⑧재활 및 교육돌보미　　　　⑨보건 및 사회시설 품질평가원

⑩가정방문건강관리사　　　　⑪방문미용사

⑫장애인잡코치　　　　　　　⑬산업카운슬러

⑭임신갈등상담사　　　　　　⑮복지주거환경코디네이터

상담 분야

①라이프코치　　　　　　　　②약물 및 알코올중독 전문가

③정신대화사　　　　　　　　④사별애도상담원

⑤자살예방상담가　　　　　　⑥퇴직지원전문가

의료분야

①의료용로봇전문가　　　　　②정형외과신발제작자

③놀이치료사　　　　　　　　④병원아동생활전문가

⑤당뇨상담사　　　　　　　　⑥레크리에이션치료사

⑦자연치유사　　　　　　　　⑧U-Health전문가

⑨보조약사　　　　　　⑩개업물리치료사

⑪검안사　　　　　　　⑫원격진료 코디네이터

⑬의학물리사　　　　　⑭운동치료사

⑮척추교정사　　　　　⑯정시훈련전문가

⑰보조의사　　　　　　⑱의료소송분쟁조정사

⑲음악치료사　　　　　⑳유전학상담전문가

㉑의료일러스트레이터

스포츠 분야

①문화매니저　　　　　②홀로그램전문가

③아웃도어인스트럭터　④댄스치료사

동물 분야

①수의테크니션　　　　②애완동물장의사

③동물관리전문가　　　④애완동물행동상담원

자연환경 분야

①가정에코컨설턴트　　②냄새판정사

③지속가능전문가　　　④에너지절감시설원

⑤그린장례지도사　　　⑥온실가스관리컨설턴트

⑦기후변화전문가　　　　⑧리싸이클링코디네이터

⑨오염지재개발전문가　　⑩BIM디자이너

⑪그린빌딩인증평가전문가　⑫산림치유지도사

처음 들어본 직업들이 많지? 하나의 직업에서 분화되고 전문화되어 전혀 다른 직업처럼 보이는 것들이 많아. 우리말에 '다의어'라는 것이 있어. 신체의 손에서 파생되어 관계, 씀씀이, 방법 등 다양한 말로 쓰이지. 하지만 다 연관이 되어 있는 것들이기 때문에 본질을 들여다보면 그 관계와 역사, 앞으로 어떻게 발전할지도 전망해볼 수 있어.

소방관이라는 직업은 소방기술을 갖춘 드론이 대신하게 되는데 이를 다룰 줄 아는 직업군이 생기게 돼. 소방 드론 전문가야. 소방 드론을 설계하는 직업은 소방 드론 설계 전문가, 소방 드론 전문가를 양성하는 소방 드론 교육 전문가, 소방 드론이 고장나면 고치는 소방 드론 수리 엔지니어 등으로 분화하게 되는 거지.

시대는 변화하고, 환경도 변화하고, 국제 관계도 달라질 거야. 그러므로 미래 직업도 당연히 변화하게 돼. 이럴 때 통찰이 필요해. 통찰이 가능해야만 행복하게 살 수 있어. 불안에 떨면서 살 수는 없잖아? 앞으로의 세상은 가상공간이 현실공간만큼 중요해지고 현실 공간과 연결되어 존재하게 될 거야. 이 상황에 잘 적응해야만 행복을 누리며 살 수 있는 거지. 현실 세계의 디자이너와 함께 인터넷의 웹 디자이너가 생기고, 메타버스라는 가상 공간에서 존재하는 아바타 의류 디자이너로 분화 발전하게 될 거야.

예전 우리나라의 난방은 아궁이에 불을 때는 방식이었어. 하루종일 산으로 들로 장작을 구해 쌓아놓고 말려야 했지. 장작이 잘 마르지 않거나 나무가 부족할 땐 추위에 떨어야만 했어. 이때엔 나무를 직접 해다 장에 파는 나무꾼이란 직업이 있었어. 이런 난방 형식을 바꾼 것은 연탄이었어. 연탄은 장작에 비해 편리했고 깔끔한 편이었지. 그러나 연탄가스라는 치명적인 단점을 가지고 있었어. 방으로 스며들어 어린 목숨들을 빼앗기도 했기 때문이야. 연탄을 파는 연탄장수들이 수레에 연탄을 싣고 집집마다 배달하는 모습은 동네에서 보는 흔한 광경이었어. 이런 단점을 보완하기 위해 온수를 이용한 보일러 방식이 나왔어. 석유를 태워 물을 데우고 그 물이 집안을 돌면서 온도를 유지하는 것이지. 연탄의 치명적인 단점을 보완한 것이지만 수명이 짧고 비싸다는 단점이 있었어. 이를 극복해서 나온게 도시가스를 이용한 난방이야. 편리하고 저렴해서 지금은 거의 대부분 주택은 도시가스를 이용한 보일러 방식을 애용하고 있어. 이 방식은 다른 난방 형식에 비해 안전하지만 모든 관이 도시 전체를 아우르고 있기 때문에 사고가 나면 전체가 다 위험해질 수 있다는 단점이 있어. 이를 막기 위해서 늘 안전 점검을 해야 해.

이처럼 사람들의 생활을 들여다보면 보다 편리하고 경제적인 쪽으로 변화해 왔음을 확인할 수 있고 거기에 맞춰 다양한 직업군이 존재했다가 사라졌음을 알 수 있지. 지금은 전기가 대부분의 난방과 온열을 담당하고 있어. 이런 기능에 맞춰 직업군도 집중되고 있다고 할 수 있어.

또다른 변화의 예를 살펴볼까?

초고령 사회로 접어든 우리 나라는 '실버세대'에 주목하고 있어. 얼마전까지만 해도 실버세대는 무기력하고 경제력도 없고 주눅들어 보내곤 했는데 현재 실버세대는 경제력을 확보하고 자신만의 주장도 강할 뿐 아니라 좋아하는 취미와 특기를 위해 시간을 투자할 것으로 보여. 그래서 이들이 인생을 향유할 수 있도록 보살펴주는 산업이 급부상하게될 것으로 보여. 그것은 우리나라만의 이야기는 아니다. 전 세계적으로 선진국들은 고령화 사회에 이미 진입하였고 우선 경제력 있는 노인들이 주목의 대상으로 자리잡았어. 대상을 정하고 나면, 그들의 욕구와 필요를 관찰해야 하는데 이를 정리해보면 다음과 같아.

먼저 실버세대는 60~80세가 주를 이룬다. 이들 세대는 아직

6080세대			
산업화와 정보화 경험, 100세 고령화 출발선, 어느 정도 경제력 있음, 과거 노년층과 차별, 개인주의적 특징			
욕구	필요한 서비스	성향	전망 직업
건강하고 싶다 자식들을 사랑한다 즐기고 싶다 여행하고 싶다 독립하고 싶다 사랑하고 싶다	이혼, 재혼 서비스 노후 재무 설계 서비스 실버 여행 상품 서비스 건강 보험, 주치 서비스 반려동물 서비스	로맨스에 솔직하다 자녀에게 의존하지 않는다. 적극적으로 소비한다 SNS를 사용한다 여가를 누린다 자녀와 독립해서 산다	노년 플래너 장례 지도사 기억 대리인 유물, 유품 정리사 반려동물 관리사 주거환경 코디네이터

인지능력이나 행동면에서 스스로 활동을 할 수 있을만큼 건강하기도 하다. 이들은 대한민국의 산업화와 정보화를 모두 경험했으며 어느 정도는 진취적 성향을 가지고 있다. 앞으로 100세 시대를 열어갈 사람들이지.

얼마 전까지만 해도 노인 세대를 떠올리면 자녀와 함께 살거나, 자녀와 가까운 곳에 살고 일하는 며느리나 딸을 도와주는 일을 낙으로 삼거나 살림을 맡아 해주고, 손자, 손녀를 돌봐줘. 비어

있는 시간에는 노인정이나 복지센터에 가서 휴식을 취하고, 공원을 산책하는 모습들이 떠오르지. 젊어서 고생을 많이 해 다양한 종류의 약을 복용하고, 자식들의 전화받는 것을 좋아하고 손녀를 찾으러가는 경우도 종종 있어.

요즘 TV 등에 디지털 AI 상품들이 등장하는데 날이 갈수록 복잡한 업무를 감당하는 걸 확인할 수 있어. 독거노인을 위한 간단한 인사, 약속시간 알려주기, 약 먹는 시간 알려주기 뿐 아니라 치매 예방을 위한 끝말잇기 게임 등을 해주기도 해.

사회적 필요에 따라 많은 직업들이 생기고 사라졌어. 초고령 사회로 진입한 우리나라는 분명 노년층의 욕구에 걸맞는 서비스가 늘어날 것이고 서서히 확대되거나 다른 직업으로 달라지기도 할거야. 다양한 건강 상품, 노인 의료 서비스, 실버 여행 상품, 실버 주거 서비스, 반려 동물 대여, 이혼과 재혼 도우미 등이 주로 언급되고 있어.

나래쌤을 따라 여러분도 각자 자유롭게 생각의 나래를 펼쳐보자.

피 말리는 경쟁에서 살아남는 최고의 방법은 '경쟁을 하지 않는 것'이라고 해. 남과 경쟁하는 대신 새로운 것, 자기만의 것을 찾는 거래. 결코 쉬운 일은 아니야. 그러나 조금만 더 깊이 생각해보면 실패하지 않는 방법이야. 서로를 갉아먹는 치열한 경쟁을 하지 않겠다는 다짐과 자신만의 길을 찾겠다는 의지만 있다면 성공할 수 있는 길이지.

현재 살고 있는 세계를 살피고 우리 생활을 관찰하다보면 미래 사회에 드러날 삶의 모습과 틈새를 예측할 수 있게 될 거야. 그 바탕에서 자신의 길을 찾아보자.

이색직업-유물, 유품 정리사의 일상

세 평 남짓한 작은 방에 살던 스물일곱 살 청년의 캐리어가 죽음 앞에서 담담할 수밖에 없는 유품정리사를 울렸다.

10년 넘게 고인들의 유품을 정리해 온 김석중 키퍼스코리아 대표는 tvN '유 퀴즈 온 더 블록'에 출연해 20대 청년이 남긴 유품을 회상했다.

김석중 대표는 "27살 청년이 사망한 집을 정리한 적이 있다"며 "안타깝게 이 청년이 스스로 목숨을 끊었다. 형사분과 만나 이야기를 했는데 특별한 사연을 모르겠더라"고 말했다.

이 청년은 군대에서 전역한 지 얼마 안 된 상황이었으며 침대와 장롱, 책상, 화장실이 딸린 세 평짜리 고시원 방에 살았다고 한다.

김 대표는 "책상 위에 단백질 보충제 두 통이 있었다. 하나는 새것이었고 하나는 반쯤 차 있었다"며 "왜 내일모레 사망할 친구가 운동을 했을까. 수험 서적도 있었다. 아마 고인이 스스로 생각하기에 만족할 성적을 못 낸 것 같다. 거기서 좌절을 느낀 것 같다"고 했다.

이어 "이 청년은 대학 졸업을 앞두고 있었다"며 "학자금 대출도 있어서 고민이 많아 보였다"고 했다.

그는 "비행기 티켓과 빈 캐리어가 있었다. 곧 여행을 가려고 산 것 같았다. 바퀴가 새것이었다"며 "정리가 끝나고 나서 아무도 없는 텅 빈 방에 앉아 혼자 많이 울었다. 캐리어를 보면서 지금 젊은 아이들에 대한 생각들, 또 제가 젊었을 때 했던 생각이 교차하면서 마음이 좋지 않았다"고 안타까워했다.

그러면서 "아무런 유언도 없어서 캐리어를 유족분들에게 전달했는데 필요 없다고, 처리해달라고 하시더라"며 "그냥 버리려고 하니 도저히 마음이 아파서 못 버렸다.

캐리어를 좋은 일에 썼으면 좋겠다고 생각해서 유품을 정리하는 데 필요한 도구들을 담는 가방으로 쓰게 됐다"고 했다. 또 "다른 분들 유품 정리하고 나서 유가족분들께 그 가방에 넣어 전달해드리고 있다"고 덧붙였다.

김 대표는 평소 딸과 다투던 어머니가 남긴 물건들도 기억에 남는다고 회상했다.

그는 "딸이 연을 끊겠다면서 어머니한테 잘 안 찾아갔다고 한다"며 "딸이 엄마가 돌아가신 후 유품 정리를 하러 집을 찾았는데, 재봉틀에는 딸에게 주려고 만들다 만 옷도 있었고 냉장고를 열어보니 과일 청에 '우리 딸'과 이름 두 자가 적혀 있었다. 그걸 보고 (딸이) 펑펑 울기 시작하는데 마음이 아프더라"고 했다.

김 대표는 2010년 국내에서 처음으로 유품 정리 서비스를 시작했다.

그는 과거 평범한 회사원을 거쳐 무역업체를 운영하던 중 2006년 아끼던 직원이 세상을 떠나면서 일에 회의를 느꼈다고 한다.

그러다 우연히 유품 정리를 다룬 다큐멘터리를 보게 됐고 2007년 일본으로 넘어가 유품정리업체 키퍼스에서 정리법을 배워 3년 뒤 한국으로 넘어와 사업을 시작했다.

- 2021년 9월 8일 '유 퀴즈 온 더 블록' 김석중 유품 관리사 편.

12
인공지능, 로봇과
함께 살게 될 미래

2016년 미국 조지아공대에서는 재미있는 실험이 진행됐다. 이 학교 고엘(Goel) 교수는 컴퓨터 공학과 수업에서 처음으로 인공지능을 조교로 활용하게 되었다. 인공지능의 이름은 '질 왓슨'이라고 밝히고, 일절 정보를 밝히지 않은 채 한 학기 내내 학생들과 지내게 했다.

조교 왓슨은 학기 내내 주어진 일을 빈틈없이 해냈다고 한다. 온라인상에 올린 학생들의 질문에 답변하고 이메일로 답장을 했으며, 토론 주제도 올리고 토론을 유도하는 등의 활동을 했다. 대부분의 학생들은 왓슨을 20대 백인 여성이라고 생각했는데 일반적으로 조교들이 20대 백인 여성인 경우가 많았기 때문이다. 그

학기에 왓슨은 가장 인기 있는 조교로 뽑혔는데 일은 어떤 조교보다도 많고 혹독했다. 수업과 관련해서 왓슨에게 쏟아진 질문은 1만 개나 됐다. 특히 왓슨은 97% 이상의 정확성이 확인될 때 답변하도록 디자인됐는데 과거 수업에서 오가던 모든 데이터를 스스로 학습해 답변의 정확성을 높이고 사람들과 자연스러운 의사소통이 가능하도록 프로그램화되어 있었다.

이 실험으로 자신감을 얻은 IBM사는 앞으로 10년 이내 미국의 모든 초중등학교와 대학교에서 인공지능이 학생들을 가르치게 될 것이라고 예측했다. 수많은 학생들이 동시다발적으로 쏟아내는 질문에 능숙하게 대처할 수 있고, 어떤 상황에서도 친절함을 잃지 않는 인공지능 로봇이 교사의 역할을 충분히 대신할 것이라고 자신하고 있다.

인공지능 조교 왓슨이 무쇠처럼 일한 덕에 인공지능에 대한 호감도는 치솟았고 인기몰이도 대단해 학교와 학생들의 열렬한 환영을 받았다. 정작 두려움에 떤 것은 같은 처지의 조교들이었다.

이처럼 인공지능 교육 시스템이 계속 발전하면 학교의 모습은 많이 달라질 것이다. 더 이상 인위적인 학년 구분은 중요하지 않게 될 것이다. 왜냐하면 수업의 난이도에 따라 개인에게 걸맞는 교육이 제공될 것이기 때문이다. 인공지능이 수많은 프로그램과 난이도에 맞는 수업을 고를 수 있고 선생님 스타일도 학생이 고를 수 있으므로 수업의 몰입도는 더 높아지게 될 것이다.

지금까지 교사가 맡아왔던 지식 전달, 정보 제공 등의 전통적인 역할은 인공지능이 대신하게 될 것이고 사회성까지 갖춘 로봇이 개발돼 로봇과 인간의 경계는 점점더 희미해질 것인데, 4차 산업혁명 시대 교육 현장에서 인간 선생님들은 존재할 수 있을까? 교육 현장에서 무엇을 할 수 있을까?

인간 선생님은 창의성과 인성, 비판적 사고능력을 키우고, 소통과 협업 능력을 키울 수 있는 교육을 준비하면 된다. 이 부분은 인공지능이 접근할 수 없는 영역이기 때문이다. 그리고 인공지능에 의해 인간사회가 좌우되는 끔찍한 미래가 오지 않도록 균형을 잡는 일, 엄격한 감시, 감독을 해야 할 것이다.

현재 우리가 사용하는 인공지능은 교육 뿐만 아니라 다양한 산업과 일상에 분포되어 중요도를 인정받고 있다.

대표적인 것이 의료분야에 활용되는 AI이다. 헬스케어 AI는 의료분야에서 매우 중요한 역할을 하고 있는데 의사의 진단을 돕는 도구이며 질병의 초기 징후를 감지하는데 도움을 준다. 또 의료 이미지를 분석하여 암이나 심장 질환을 초기에 발견하는 데 중요한 역할을 하고 있다. AI 기반의 로봇 수술은 수술의 정확도를 높이고, 환자의 회복 시간을 단축시키는데 기여한다. AI 기술은 의료계를 원활하게 운영하는데 많은 역할을 했다.

또한, AI 기술은 도로의 상황을 실시간으로 분석하고, 차량의 속도와 방향을 조절하는 데에도 사용된다. 이를 통해 사고를 줄이고, 교통 체증을 완화하는 등의 효과를 얻을 수 있다. 주식시장에서도, 온라인 쇼핑에서도 다양하게 정보를 취합하고 고객들에게 유용한 정보를 제공하기도 한다.

이처럼 AI 기술은 반복적이고 시간이 많이 소요되는 작업을 자동화하여 인간의 시간을 절약하고, 업무의 효율성을 크게 향상시키는 장점이 있다. 또한 위험한 작업 환경에서 사람을 대신하여 활동할 수 있다. 자율 주행 자동차의 경우 교통사고를 줄이고 운전자의 피로를 덜어주는 역할을 할 수도 있다.

그러나 이런 장점 이면에는 부정적인 측면도 만만치 않다. 부정적인 측면의 첫번째는 일부 인간의 일자리를 빼앗아 일자리 감소를 초래할 수 있다는 것이다. 특히, 반복적이고 규칙적인 단순 작업들은 인간 대신 대부분 AI에게로 흘러갈 것이다. 예를 들면 제조업이나 물류업에서의 AI 도입은 우리 가까이 와 있는 미래라고 할 수 있다.

또다른 단점으로는 프라이버시 AI를 들 수 있다. 이들은 대량의 데이터를 수집하고 처리하여 맞춤형 서비스를 제공하는 데 유용하지만, 이로 인해 개인의 프라이버시가 침해되고 대량으로 악용될 수 있다.

이렇게 AI 기술에 대한 의존도가 커질수록 사람들의 창의력이나 문제해결 능력이 떨어져 시스템이 오작동하게 될 경우, 그에 의한 피해가 엄청날 수 있다는 단점도 있다. 특히, 자율 주행 자동차가 시스템 오류로 사고를 일으킬 경우 도로 안을 주행하는 수많은 차들에게도 큰 불편과 위험을 줄 수 있는 것이다.

미래에 우리가 만나게 될 로봇은 자율성이 극대화된 모습일 것이다. 어느 정도의 인공지능 기술을 갖추어서 인간들이 최대한으로 신뢰할 수 있는 인공지능을 만들어내는 것이 모든 나라와 기업의 목표라고 한다.

우리의 미래가 디스토피아가 아닌 유토피아로 구현되려면 무엇보다 우리 인간의 역할이 중요하다. 우리들이 건전한 생각과 의지를 가지고 있어야 한다. 또한 주체적으로 인공지능과 사회에 대한 지속적이고 엄격한 감시, 감독을 해서 불순한 집단에 악용되지 않도록 해야 한다.

자본주의에서 기업은 늘 자신들만의 사적인 이익을 얻으려고 해왔고, 국가는 국가 경쟁력을 위해 무엇이든 악용할 수 있었다. 그런 나라들이 강대국이 되어 약소국을 쥐락펴락하는 역사를 우리는 오래 봐왔다.

우리가 건강하고 편한 미래를 맞이하려면 다양한 힘이 균형을 이뤄야 하며 원칙을 지키려는 마음을 잃지 않아야 한다. 인공지능은 가치중립적이지 않다. 인공지능 알고리즘도 가치중립적인 것이 아니다. 이들은 모두 인간이 자신의 편리함을 위해 만들어낸 것이다. 그러므로 우리는 이 세계에 관여하고 책임져야만 한다.

13

미래 직업,
어떻게 바라볼까?

꼭지와 아가리는 함께 돌아다니던 AI 나래쌤과 헤어질 시간
이 되었어요. 나래쌤이 준 A4 파일에는 직업 전망 보고서가 들어
있었어요. 꼼꼼하게 챙겨주고 나중에 읽어보라고 보고서까지 챙
겨주시는 나래쌤에게 두 친구와 진로 쌤은 진심으로 감사 인사를
하게 되었답니다.

AI 나래쌤이 전하는 미래사회

민경, 아름 안녕!

너희들이 살아갈 미래에 대해 무척 궁금할 것 같아 이 글

을 전해.

많은 학자들과 여러 보고서들은 제4차 산업혁명이 진행 중인 미래사회가 몇가지 특징을 드러낼 것이라고 전망하고 있어.

그것은 아래의 세 가지 면에서 나타날 거야.

①기술· 산업 측면

②고용 측면

③직무역량 측면

미래사회는 긍정적인 변화와 부정적인 변화가 함께 있을 건데 첨단기술 발전에 따른 생산성 향상은 긍정적인 변화라고 할 수 있고, AI 노동자가 많아지면서 일자리 감소 등은 부정적인 변화라고 할 수 있게 되는 거지. 그럼 지금과 별로 달라진 게 없지 않냐고? 긍정적인 면과 부정적인 면이 공존한다고 해서 같다고 할 순 없어. 미래사회는 지금과 다른 모습일 거야. 이 사회의 다양한 변화를 살펴보면 우리는 보다 현실적이고 타당한 대응 방안을 모색할 수 있을 거야.

사람들은 미래 사회에 대해 양면적인 태도를 보이곤 해. 다양한 기대와 불안감이지. 미래 우리 삶은 더욱 편리해질 것이라고 바라볼 만큼 기대감은 매우 높아. 기술적으로 더 진보

한 세상이 될 것이라는 전망에도 별다른 이견이 없어. 기술혁신으로 노동시간이 줄어들었고, 인간이 하지 못하거나 귀찮아하는 일을 로봇이 대신하기 때문에 대부분의 시간을 노동으로 보냈던 우리 조상들에 비해 훨씬 여유로운 삶을 보낼 것이라고 해.

하지만 미래사회가 모든 사람들에게 긍정적인 영향을 미칠 지는 모르는 거야. 우리의 역사가 그러하듯이 문명 발전은 또다른 불평등의 시작이기도 하거든. 그래서 학자들은 미래사회에 계층 양극화가 심각해질 것으로 보기도 했어.

미래사회에서 중요하게 여겨질 것은 무얼까? 바로 건강에 대한 관심이야. 아무리 기술이 발전하고 삶이 편리해진다고 해도 아프면 아무런 소용이 없다는 걸 역사를 통해 알게 된 거지. 그래서 겉으로 보이는 화려함보다는 점점 더 내적 건강함을 추구하게 되는 거지.

미래사회에 가장 전망이 밝은 직업군은 주로 IT/기술공학 전문 직종이야. 기술·산업적 측면에서 제4차 산업혁명은 기술 및 산업 간 융합을 통해 "산업구조를 변화"시켰고 "새로운 스마트 비즈니스 모델을 창출"시킬 거야. 제4차 산업혁명의 특성인 '초연결성'과 '초지능화'는 사이버물리시스템(CSP)기반의 스마트 팩토리(Smart Factory) 등과 같은 새로운 구조의 산업생태계를 만들지.

　로봇 연구원을 비롯한 위기관리 전문가, 과학 수사관, 가상현실 전문가와 전자 의료기기 개발기술자, 항공우주 엔지니어, 생명과학 연구원, 전기자동차 배터리 개발자, 정보보호 전문가 등 사람들의 정신적 치료와 재난 및 위기관리에 도움을 주는 직업의 전망 역시 높게 평가되고 있어.

　새로운 구조에 따른 "고용구조의 변화"도 나타나게 될 거야. 제4차 산업혁명을 이끌어낸 과학기술적 조건들이 미래사회의 일자리들을 변화시킬 거야. 특히 자동화 기술 및 컴퓨터 연산기술이 발전해 단순·반복적인 사무행정직이나 저숙련(Low-skills) 업무 일자리는 더 이상 필요치 않게 될 거야. 그래서 관련 직업의 47%가 20년 이내에 사라질 가능성이 높다고 해.

　특히 단순 반복적인 업무인 텔레마케터, 도서관 사서, 회계사 및 택시기사 등의 직업들이 자동화 기술로 인해 사라질 것으로 보인대. 오스트레일리아는 노동시장의 39.6%(약 5만 명의 노동인력)가 수십 년 내 컴퓨터에 의해 대체될 것으로 예상하고 있고, 그 중 18.4%는 업무에서의 역할이 완전히 사라질 가능성이 높을 것으로 보고 있어. 구체적으로는 저숙련 및 저임금 노동 인력이 수행하는 단순 업무와 더불어 재무관리자, 의사, 고위간부 등 고숙련 고임금 직업의 상당수도 자동화되어, 인간이 하는 업무의 45%가 자동화될 것으로 전망하고 있어.

없어지고 사라지는 직업들을 생각하니 미래가 너무 부정적으로 보이지? 그러나 일자리 지형 변화와 관련하여 부정적인 전망만 있는 것은 아니야. 제4차 산업혁명과 관련된 기술 직군 및 산업분야에서 새로운 일자리가 등장하고, 고숙련(High-skilled) 노동자에 대한 수요가 증가할 거야. 특히 산업계에서는 인공지능, 3D 프린팅, 빅데이터 및 산업로봇 등 제4차 산업혁명의 주요 변화 동인과 관련성이 높은 기술 분야에서 200만 개의 새로운 일자리가 창출되고, 그 중 65%는 신생직업이 될 것이라는 전망도 있다. 또한 독일 제조업 분야 내 노동력의 수요는 대부분 IT와 S/W 개발 분야에서 경쟁력을 가진 노동자를 대상으로 나타날 것이고, 특히 IT 및 데이터 통합 분야의 일자리 수는 110,000개(약 96%)가 증가하고, 인공지능과 로봇 배치의 일반화로 인해 로봇 코디네이터 등 관련 분야 일자리가 40,000개 증가할 것으로 전망한대.

최근 미래사회의 핵심기술로 인공지능을 들고 있어. 많은 사람들은 인공지능 때문에 대부분의 인간 생활이 편해질 것이라고 말해. 인공지능 기술 때문에 위험하거나 어렵고, 힘든 일이 쉽게 해결될 것이며 이전의 단순 업무가 사라질 것이기 때문이야. 또 산업현장에서 사람들 대신 인공지능을 활용하게 되면 보다 효율적으로 의사결정을 할 수도 있대.

앞으로 이루어질 기술 발전이 노동시장에 실질적인 영향을 미치지는 못할 것이라고 하는 사람들도 있어. 인공지능 기술은 아직 개발 초기 단계이고 여전히 사람이 주도적으로 이끌고 가기 때문에 현재의 직업군들이 새롭게 대체될 때까지는 시간이 필요하지. 구글이 선정한 미래 일자리 중 60%는 아직 준비되지 않았다고 미래학자 토머스 프레이는 말했어. '일자리의 미래' 보고서도 "2016년 초등학교에 입학하는 어린이들의 약 65%는 지금은 없는 새로운 직업을 얻어 일하게 될 것"이라고 전망했어. 즉, 미래에는 그 시기와 사회적 상황에 맞는 새로운 일자리가 창출될 것이며, 그렇기 때문에 일자리 전망이 밝다는 것을 기억하기 바래.

4차 산업혁명은 '진행형'이라고 할 수 있어. 끝난 게 아니기 때문에 너무 성급하게 두려움을 갖고 기다릴 필요는 없는 거야. 인류가 놀라운 수준의 적응력과 독창성을 갖고 있는 걸 역사로 배우고 느꼈잖아? 따라서 4차 산업혁명으로 사라진 일자리는 새로운 일자리로 생길 것이므로, 새로운 직종과 사업, 산업분야를 유심히 지켜볼 필요가 있어. 그리고 창출된 바람에 몸을 싣고 신나게 날아보는 거야. 일자리 감소를 너무 절망 적으로 바라볼 필요는 없어.

14
직업의 완성
– 사회적 의미를 생각해요

꼭지, 아가리 반가워요.

이제 마지막 부스에 온걸 환영합니다. 저는 박서양이라고 해요. 우리나라 최초의 서양 의사라고 소개할 수 있겠네요. 이곳에서는 내가 불가촉 천민인 백정으로 살다가 어떻게 의사라는 특별한 직업을 찾고 활동영역을 넓혀갔는지 '스토리 월'을 통해 보여줄 거예요. 재미있고 유익한 시간이 되었으면 좋겠어요.

의사 박서양 (1885~1940)

첫 번째 사진은 외과 의사로 세브란스 병원에 재직할 때의 모습이랍니다. 저는 1885년 조선이 개항기로 여러나라에 괴롭힘을 당하던 때 조선의 가장 낮은 신분인 백정의 아들로 태어났답니다. 나의

에비슨 박사

아버지는 백정이셨지만 설렁탕 등을 대중화해 많은 돈을 버신 박성춘이란 분이에요. 아버지는 백정들이 교육을 받거나 사회 활동을 하는데 제약이 많은 조선 사회에 불만이 많은 분이기도 했죠.

그때는 또 전염병이 창궐해 많은 사람들이 죽어가기도 했어요. 3년마다 한 번 씩 조선은 콜레라라는 전염병 때문에 골머리를 앓았어요. 아버지도 콜레라에 걸려 생사를 넘나들었는데 그때 조선의 의사들은 백정인 아버지를 거들떠보지도 않았대요. 상투를 틀거나 갓을 쓰는 평범한 옷차림도 할 수 없고 호적에도 이름을 올릴 수 없는 인간 이하의 존재들이었기 때문이죠.

그때 아버지를 치료해준 분이 에비슨이라는 서양 의사였습니다. 그는 선교를 위해 조선에 왔다가 차별받는 백정들을 보고 직접 치료를 해주거나 백정들의 신분 해방 운동인 형평사 운동을

유길준 등에게 소개하기도 하는 등 적극적으로 도와주었어요. 이 운동이 성공하면서 전국의 백정들은 호적에 이름을 올리고 처음으로 상투를 틀 수 있었죠. 아버지는 에비슨을 생명의 은인으로 깊이 신뢰하고 있었고 아들인 저에게도 에비슨과 같은 사람이 되라고 하셨어요. 그래서 저는 의사라는 직업을 꿈꾸게 되었고 동생들에게도 적극 권하게 되었죠. 그 당시 의사들은 험한 일을 하는 기술자 취급을 받고 있어 양반들은 거들떠보지도 않았으나 조금씩 사회적 지위를 얻고 있는 중이었어요.

아버지는 에비슨 박사님 덕분에 목숨을 건졌어요. 저도 아버지의 치료과정을 보며 에비슨 박사님처럼 의미있는 일을 하며 인생을 보내야겠다고 생각했어요. 다이너마이트를 만들어 큰 돈을 벌었던 알프레드 노벨이 사회적 지탄을 받으며 고민을 했던 것처럼 자신의 직업이 사회적 의미를 찾지 못하면 계속하기 힘들거예요. 노벨은 자신의 전 재산을 국가에 내놓고 세계에게 가장 의미있는 일을 한 각 분야의 전문가들에게 상을 주는 것으로 의미를 찾게 되지요.

저도 아버지의 치료과정을 보며 에비슨 박사님처럼 내 시간들을 쪼개 많은 사람들을 행복하게 해 주고 싶었어요. 아버지가 후에 사회 활동에 적극적으로 나서게 된 것도 전염병에서 죽다 살아나셨기 때문이에요. 아버지는 늘 에비슨 박사님처럼 의미있

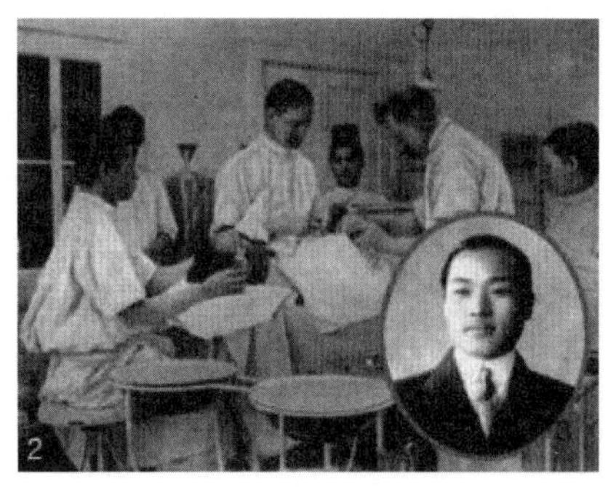

박서양 실습사진

는 일을 하라고 저에게 말씀하셨어요.

면천(천한 신분에서 벗어남)이 된 후 아버지는 은행가가 되셨어요. 은행가 뿐 아니라 서재필, 윤치호, 박정양, 유길준, 이상재 선생 등과 함께 독립협회와 만민공동회의 한성부 지역 간부로 활동하셨어요.

1898년 종로 만민공동회의에서 한 아버지의 연설은 국가 기록에도 있을 정도로 열정적이었대요.

아버지는 에비슨 박사님에게 나를 인사시켜주셨어요. 성실하고 의지가 굳은 아이라며 의사가 되게 해달라고 부탁하셨지요. 아버지를 따라갔던 그날 나는 평소 따뜻하고 유쾌하신 에비슨 박사님과는 달리 무겁고 싸늘한 그분의 모습을 보게 되었습니다. 의사의 겉모습만 보고 온 거라면 그냥 돌아가라고 말씀하셨어요. 나중에 알게 된 거지만 박사님은 의사가 되는 일이 쉽지 않아 중도에 포기하지 않도록 먼저 겁을 주신 거라고 하셨어요.

어떤 일도 쉬우면서 대우도 좋은 건 없어요. 저는 박사님께 잘 해내겠다고 대답했어요. 나는 아버지가 얼마나 우리를 인간답게 살 수 있도록 노력하셨는지 알고 있었기 때문에 꼭 잘해내고 싶었어요. 당연히 자신도 있었죠. 박사님은 3년이 넘게 병원 바닥 청소와 침대 정리 똥걸레 빨기만 시키셨어요. 저는 꼭 하고 싶은 일이었기 때문에 한마디 불평도 없이 했어요. 그 후에 글공부를 시작했고 1900년 8월 30일 정규과정으로 입학했어요.

1908년 6월 저는 우리나라 최초의 7명의 의사 중 한 명으로 제중원(세브란스 의학교)을 졸업했어요. 저는 외과 전문의로 세브란스 병원에서 근무하면서 세브란스 간호원 양성소, 세브란스 의대에서 해부학도 가르쳤어요. 제가 의사로 이름을 날릴 수 있었던 건 끊임없이 배우고 가르치는 일을 병행했기 때문이에요.

1918년 만주지역으로 일제를 피해 간 동포들을 위해 용정의 국자가라는 곳에 '구세의원'을 개국했어요. 이곳엔 독립군들이 치료받을 곳이 없어 그분들 치료를 도맡아하게 되었어요. 그리고 숭신소학교를 세워 학생들을 가르치기도 했어요.

정신없이 지낸 날들을 돌아보니 저 스스로도 조금 놀란 일이 있지요.

1924년 12월 기록을 보면 구세의원에서 무료 환자

1908년 제중원 의학교 졸업사진

3,315명, 유료환자 6,416명을 진료하였다는 기록이 나와 있네요.

1932년 6월 윤봉길 의거 사건이 있은 직후 숭신소학교가 폐교되고 복교되기를 반복하다가 1935년 최종 폐교당해 1936년 황해도 연안으로 돌아와 병원을 운영하다가 1940년 55세의 나이로 세상을 뜨게 되었어요. 불가촉천민으로 세상 사람들의 손가락질을 당하던 저에게는 사랑스러운 3남3녀의 자식들이 생겼고 유능한 외과의사, 독립운동가, 열정 넘치는 선생님이라는 자랑스러운 이름이 생겼어요.

꼭지 : 선생님을 알게 되다니 정말 놀랍고 존경스러워요. 선생님을 만나서 저희도 뭔가 큰 용기가 생기는 것 같아요. 그렇게 고생스러운 길을 정말 훌륭하게 보내신 것 같아요.

박서양 : 그렇게 말해주니 고마워요. 그런데 꼭지는 어떤 이름인가요?

꼭지 : 부모님의 꼭지를 돌게한다는 뜻이에요. 헤헤.

박서양 : 하하하. 그렇게 깊은 뜻이 있었군요. 아가리는 풀네임이 뭐예요?

아가리 : 분노의 아가리요. 제가 한 성질하거든요.

아가리 : 근데 선생님도 다크네임이 있나요?

박서양 : 그럼요. 나도 있어요. 저의 어릴 적 다크네임은 '삐쩍

마르고 초라한 개'라는 뜻의 소근개랍니다.

꼭지: 초라한 개라니? 엄청 크고 멋진 분이신 걸요.

아가리: 저희도 할 수 있겠죠?

박서양: 그럼요. 용기내서 시작해봐요.

15
레스토랑 이야기
– 참을 수 없는 창업희망

요즘 다양한 창업 프로그램과 전문 경연 프로그램이 미디어에 노출되면서 자신만의 콘텐츠로 창업을 하려는 청소년이 많아졌다. 취업의 관문은 좁지만 창업의 경우 좋은 사업 아이디어로 크게 성공한 경우가 많기 때문에 창업에 관심을 갖는 경향이 늘어난 것이다. 아이템이 시류에 맞아떨어지면 여유있고 풍족한 삶을 누릴 수 있지만 창업은 결코 쉽고 만만한 일은 아니다.

2002년 이후 10년간 창업한 자영업자 100명 중 75명꼴로 휴업하거나 폐업하는 등 10년 생존율이 약 25%에 불과하기 때문이다. 특히 창업 후 3년이 지나면 절반 가까운 47%가 휴·폐업을 하

◆ **고등학생의 졸업 후, 창업 희망은 증가 추세**
 - 창업에 대한 학교의 지원은 다양하게 나타나

□ 고등학생의 졸업 후 창업을 희망하는 비율은 소폭 증가하는 추세를 보이고 있다.

<표 24> 고등학생 졸업 후 진로계획(창업)

학교급	2015	2016	2017	2018	2019	2020	2021
고등학교	1.0	1.5	1.6	1.5	1.9	1.3	1.6

주) 비율에 가중치 적용함.

ㅇ 고등학교 졸업 후 창업을 계획하는 학생은 학교에 '창업가와의 만남 및 멘토링 연계', '창업 관련 정보 제공', '창업자금' 순으로 지원을 요구하는 것으로 나타났다.

<표 25> 창업에 대한 학교의 필요한 지원

구분	창업 관련 정보 제공	창업가정신 함양을 위한 교육 프로그램 운영	창업가와의 만남 및 멘토링 연계	창업동아리 지원	창업경진대회 지원
2022	22.1	4.9	41.5	13.1	3.7

비율에 가중치 적용함.

◆ **고등학생의 창업 관심 정도는 35.7% 수준**
 - 창업에 관심을 갖는 이유 '나의 아이디어를 실현하고, 주도적으로 일을 하고 싶다'

□ 고등학생의 창업에 대한 관심 정도('관심이 있음' + '매우 관심이 있음')는 35.7%인 것으로 응답했다.

* 창업에 대해 관심 있음('관심이 있음' + '매우 관심이 있음')
  : (2019) 32.4% → (2020) 35.9% → (2021) 35.1% → (2022) 35.7%
** 창업에 대해 관심 없음('관심이 없음' + '매우 관심이 없음')
  : (2019) 31.9% → (2020) 26.0% → (2021) 28.1% → (2022) 29.7%

<표 26> 창업에 대한 관심 정도

(단위: %, 점)

구분	전혀 관심이 없음	관심이 없음	보통	관심이 있음	매우 관심이 있음	평균(표준편차)
2019	13.7	18.2	35.8	23.3	9.1	2.96 (1.15)
2020	7.4	18.6	38.1	24.6	11.3	3.14 (1.08)
2021	7.9	20.2	36.8	23.6	11.5	3.10 (1.10)
2022	8.4	21.3	34.7	23.6	12.1	3.10 (1.12)

주 1) 비율, 평균, 표준편차에 가중치 적용함.
2) 괄호( )는 표준편차임.

□ 창업에 관심이 있는 학생은 주로 '나의 아이디어를 실현하고 주도적으로 일을 하고 싶어서'라고 응답하였고, 증가 추세'를 보이고 있다.

* 나의 아이디어를 실현하고, 주도적으로 일하고 싶어서 : (2020) 25.6% → (2021) 37.3% →
  → 38.1%

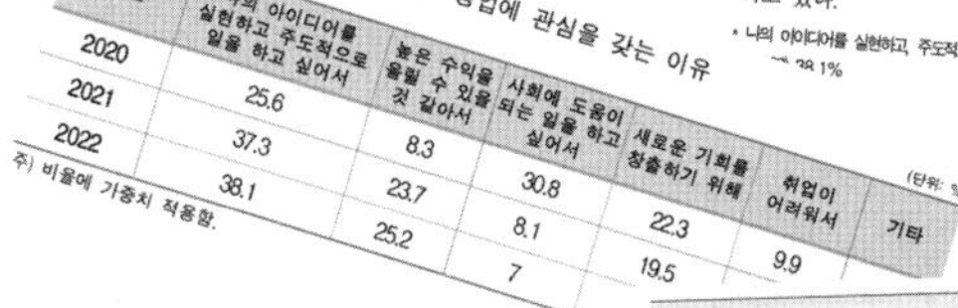

<표 27> 창업에 관심을 갖는 이유

(단위: %)

구분	나의 아이디어를 실현하고 주도적으로 일을 하고 싶어서	높은 수익을 올릴 수 있을 것 같아서	사회에 도움이 되는 일을 하고 싶어서	새로운 기회를 창출하기 위해	취업이 어려워서	기타
2020	25.6	8.3	30.8	22.3	9.9	[illegible]
2021	37.3	23.7	8.1	19.5	[illegible]	[illegible]
2022	38.1	25.2	7	[illegible]	[illegible]	[illegible]

주) 비율에 가중치 적용함.

◆ **창업가정신 함양 및 창업체험 교육의 참여 여부에 따른 진로교육 성과**
 - 교육을 경험한 학생들은 진로개발역량이 상대적으로 높아

□ 창업가정신 함양 및 창업체험 교육 경험이 있는 학생은 경험이 없는 학생보다 진로개발역량에 긍정적인 영향을 주는 것으로 나타났다.

※ 창업경진대회 참여 여부에 따른 진로개발역량 성과 차이
   중 : [참여] 3.90점, [미참여] 3.51, 고 : [참여] 4.00점, [미참여] 3.66
※ 학교 밖 창업교육 프로그램(창업캠프) 참여 여부에 따른 진로개발역량 성과 차이
   중 : [참여] 3.86점, [미참여] 3.51, 고 : [참여] 4.01점, [미참여] 3.65

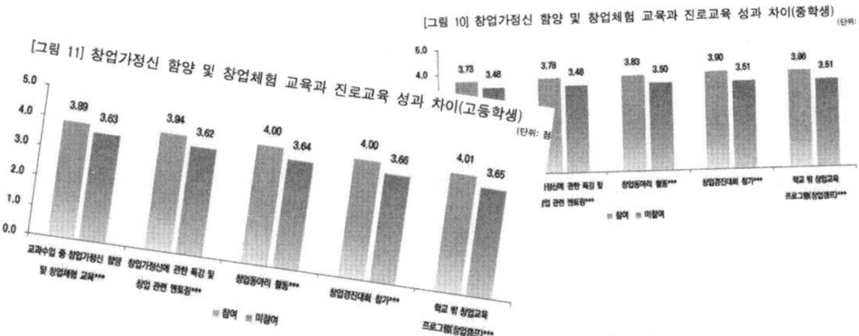

고 자본 투자 5000만 원 미만과 무등록 자영업자가 전체의 85%에 달하는 등 충격적인 실상을 접하게 된다.

그 원인을 살펴보면 첫째, 창업활동 측면에서 창업시장에 활기가 부족하기 때문이다. 창업활력을 나타내는 기업 신생률이 현재 우리나라는 최저 수준으로 하락하고 있다. 우리나라 사업자 중 신규 사업자인 기업 신생률은 2001년 28.9%에서 2011년 20.2%로 떨어졌다. 미국, 독일, 중국, 일본 등은 상승했거나 비슷한 수준을 유지하고 있는데 이와는 대조적인 현상이다.

둘째, 우리나라 청년 창업의 경우 스스로 아이템을 개발해 시작하는 창조형이 아니라 기존 업종을 모방해 시작하는 경우가 많기 때문이다. 좁은 지역에 비슷한 치킨집· 편의점· 카페 ·빵집이 여러 개 서로 경쟁을 하는 상황이며, 한 골목에 몇 개씩 몰려 있는 레스토랑· PC방· 노래방 등 국내 창업 시장은 개성이 없는 레드오션 체제에 돌입해 자기살 파먹기를 하는 경우도 많다. 창업은 신규 일자리 증대와 새로운 산업 발전이라는 측면에서 매우 중요하나 현재 그 역할을 제대로 해내지 못하고 있는 것이다.

셋째, 창업정보를 제대로 알려주는 미디어나 매체가 부족해

개인의 지원이 열악한 상황이다. 창업정보를 제대로 알려주는 변변한 창업 미디어나 매체의 부재는 창업 기회 및 가능성에 대해 부정적인 인식을 가지게 되고, 실패에 대한 두려움은 더욱 높아지게 되므로 혁신적인 창업가들이 등장하기가 점점 더 어려워지게 되었다.

현재 우리 사회에서 발생하는 청년실업과 미취업의 문제 그리고 경기 침체 등은 꼬리에 꼬리를 물고 영향을 주는 문제들이다. 그러므로 이 문제를 해결하기 위해서는 창업 지원금을 지속적으로 확대하고, 창업 교육 멘토링을 포함, 창업 교육을 확대해서 창업 혁신 도시를 만들고 혁신적인 창업가를 발굴하는 과정이 함께 이루어져야 한다.

왜냐하면 창업 시장이 활발해져야 새로운 일자리가 조성되어 취업 문제를 해결할 수 있고, 또 다른 창업 분야를 자극하는 촉매제 역할을 할 것이며 전반적인 경기 침체를 극복할 수 있게 되기 때문이다. 해외에서 성공한 정책 사례를 토대로 우리나라 청년 실업 및 창업 문제 개선 방안을 알아보자.

우선, 청년 창업을 이끌기 위해 정치적인 노력과 제도적인 노력은 함께 이루어져야 한다. 민주국가에서 정치는 더 많은 민주주의를 위해 존재하는 것이기 때문에 정치적 풍토가 민주화되어 사회적 약자의 요구 사항을 더 많이 듣고, 자유를 제공하며 사회적 약자들이 자기 목소리를 낼 수 있게 되어야 하는 것이다. 경제력이 없는 청년들은 이런 의미에서는 사회적 약자라고 할 수 있다. 사회 환경에 대한 경험과 지식이 부족하기 때문이다.

단순히 대통령이나 국회의원 선거기간에만 청년들을 위한 취업 정책 및 창업정책을 마련해 단기간에 관심을 끄는 것이 아니라, 선거가 끝나더라도 지속적으로 도움을 줄 수 있는 정치 민주주의적 문화가 조성되어야 할 것이다. 1차적 분배가 자유주의적 풍토 위 시장에서 일어난다고 할 때 여기서 소외되고 어려운 청년층에게 국가는 복지에 의한 다양한 재분배를 실시해야 한다.

이러한 상황에서 덴마크와 네덜란드 등 일부 유럽 국가들은 90년대 중반부터 이 상반된 요구를 동시에 충족시키고자 하는, 즉 유연성과 안정성 간의 적절한 균형을 추구하는 정책들을 실시하고 있다.

특히, 덴마크는 1990년대 이후로 네덜란드, 아일랜드와 함께 침체된 EU 경제 속에서 상대적으로 높은 성장을 달성했고, 특히 10%에 가까운 유럽의 고실업이라는 악조건 속에서 그 절반에 불과한 실업률을 이룩한 '고용기적'의 나라이다. 덴마크의 이러한 성과는 노동유연성과 함께 적극적인 노동시장 정책을 통해 가능했다고 한다. 이로 인해 노동력의 이동성이 매우 높은데, 1980년~1995년 동안의 '노동이동'은 구직률과 이직률 모두 평균 30%에 달할 정도로 매우 활발하였으며, 일자리의 창출률과 소멸률도 약 12%로 연간 고용변화율보다도 높을 정도로 '직장이동' 또한 활발하였다.

게다가 실업을 하더라도 노동자들이 느끼는 불안함과 직장 불안정성은 OECD 국가 중에서 가장 낮다. 성인 가장의 경우 대략 정상적인 실업수당의 80% 수준에 이르러 실업을 당한 과정에서도 일상생활이 가능하고 한다. 즉 덴마크에서의 실업수당은 새로운 노동시장 진출을 위한 준비자금으로 활용되는 것이다. 또 정부가 적극적 대책들을 더욱 많이 제공하면서, 다른 한편으로 실업자가 국가(노동사무소)가 제공하는 일자리나 직업훈련 기회를 거부할 경우 실업수당의 지급을 중단해 당사자로 하여금 더 적극적으로 활동하게 만든다. 이를 통해 확실히 사람들로 하여금 실업기간 동안 다양한 일자리를 찾아보게 하는 경제적 유인을 제공하게 된다. 덴마크는 위와 같은 정책들을 통해 유연한 노동시장, 관대한 실업보장, 적극적 노동시장 정책이라는 '황금삼각형 모델'을 이룰 수 있게 되었다.

우리도 덴마크의 '황금 삼각형 모델'을 도입하여 청년 실업 및 미취업 문제 해결을 위해 노력하고 있다. 하지만 한국 내부에서 관대한 실업보장을 실행하는데 한계점과 많은 비판들이 있다. 우선 실업 보장을 위한 예산이 부족하며, 우리 현실에서 덴마크의 황금 삼각형 모델은 지나치게 이상적이라는 점을 들 수 있을 것이다. 이러한 이상적인 황금 삼각형 모델을 우리나라의 상황에 맞게 적용해야 하는데 한국의 노동시장은 생각보다 훨씬 유연하다고 볼 수 있다. 이 상태에서 노동시장을 활성화하고 유연화하는 방법은 사회적 생산성의 증대가 아닌 사용자 측의 자본 재생산만 증가하는 것을 의미한다. 그 재생산분이 사회로 다시 돌아오는 것은 아니다. 초기에는 여유를 갖고 선순환시키는 것을 목표로 삼아야 하며 최대한 효율적인 방법들을 찾아야 할 것이다. 현재 상황에서 적극적인 실업 보장이 어렵다면 단계적으로 계약직인 지위에서도 계약직이 누릴 수 있는 만큼 고용의 질과 그 안정성을 보장받도록 하는 것이 적절하다.

마지막으로 돈보다 더 중요한 사회적 장치인 법과 제도를 정비해서 사회적 합의를 만들어 내야 한다. 자율적인 민주적 공론화 과정이 느리고 변질된 결론을 이끌어내고 현실화하기까지 한계가 있는 것이므로 이를 뒷받침할 수 있는 강한 제도가 마련되어야 한다.

또 창업과 관련해서 중국에서 성공해온 방법들을 적극적으로 벤치마킹할 필요성이 있다. 중국의 경우 과거 기업을 등기하기 위해서는 3만 위안(한화로 494만원)정도가 필요했으나 2014년부터 최소금액 규정을 삭제하였다. 즉 2014년 이후부터는 최소금액에 대한 규정 없이 1위안만 있어도 창업이 가능하게 된 것이다. 또한 창업 과정에서 거쳐야 되는 160여 개의 행정 절차를 지방 정부에 이양하였다. 마지막으로 '삼중합일 제도'를 통해 창업을 하기 위해 필요했던 영업 허가증, 조직기구 코드증, 세무 등기증을 간소화하기 위해 하나로 합쳤다.

특히 중국의 실리콘 벨리인 중관촌을 성장시키기 위해 중국 정부는 전폭적인 지원을 아끼 지 않았다. 이러한 지원 덕에 중국에서 크게 성장한 창업 기업인 레노버, 바이두, 샤오미가 중광촌을 기점으로 세계적인 기업으로 성장하게 된 것이다. 이 점을 자세히 들여다보면 창업도시가 가지는 역할이 매우 크다는 점을 알 수 있다.

중국과는 달리 한국 정부의 창업 지원은 주로 교육 및 네트워크 부분에 상당 부분을 할애하고 있다. 이들은 모두 비물질적인 부분이다. 상대적으로 기술력이 요구되는 IT 분야에 대한 지원금은 저조한 편이다. 청년 실업문제를 해결하기 위해 좋은 일자리 특히 IT분야의 일자리를 확대하는 것이 중요하다.

활력을 잃은 서울의 실리콘 벨리인 용산을 창업지구로 부활시키고, 창업 스타터들을 발굴하여 직접적으로 초반 자본금을 지원하는 정책이 필요하다. 또한 창업에 대한 부담감을 낮추려는 노력 또한 필요하다. 청년 실업 및 미취업의 문제는 청년 창업의 문제와 함께 하는 축이므로 학생들이 창업에 대한 관심을 가지고 창업을 시도하려는 노력을 적극적으로 도울 지원책을 다각도로 모색해야 한다. 이는 취업시장에서도 긍정적으로 평가될 것이고 이를 통해 새로운 경쟁력을 가질 수 있게 만든다. 물론 청년 창업 활성화가 단기간에 이루어지기는 어려우나, 국가적으로 창업에 우호적인 정책 노선을 세우고 지원금을 적재적소에 지급한다면 현재 한국이 가진 청년 실업 및 창업 문제는 큰 반전을 맞이할 것이다.

청년 창업을 돕는 이런 '덴마크 '황금삼각형'이라는 세 정책 조합이 성공적인 창업을 돕는 것이다.

① 유연한 노동시장
② 관대한 사회보장
③ 적극적 노동시장 정책

'황금삼각형'의 작동 원리는 사회안전망이 탄탄하기 때문에 해고를 당하더라도 나락으로 떨어질 위험이 낮다. 정부가 재취업 교육과 알선을 적극 수행하는 적극적 노동정책을 펼쳐 일자리 이동이 활발하다. 이로 인해 실업 기간이 짧아지므로 지출도 아낄 수 있다. 덴마크는 매년 노동자의 4분의 1이 해고되는 '해고 자유 국가'이지만, 대부분이 즉시 새로운 직장을 찾고 나머지는 사회 안전망의 보호를 받으며 적극적 노동시장 정책의 대상으로 포착된다.

현재 한국 사회에서 청년층의 고용상황이 악화되고, 창업이 잘 이루어지지 않는다는 말을 흔히 듣고 있다. 기존의 청년 실업에 대한 문제점 진단과 해결책 제시가 양적인 방법으로 치우쳐 있기에, 이제는 질적인 접근을 통해 단계적으로 청년 실업과 창

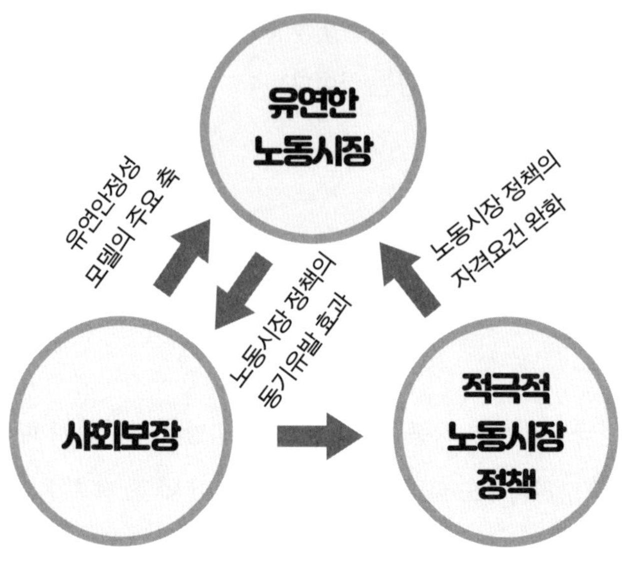

업 문제를 해결해야 한다. 우선 청년 취업과 창업은 같이 나아가
야 할 문제이다. 대학생들 역시 창업을 시도해봤던 경험이 취업
에 도움이 된다는 인식을 가지고, 국가 역시 창업 지원을 통해 다
양한 양질의 일자리를 조성해야 할 것이다. 취업에 있어서는 단
계적인 덴마크의 '황금삼각형모델'을 한국의 현실에 맞추어 적용
하는 것이 중요하다. 유연한 노동시장 구조를 전제로 실업보장
정책과 정부의 적극적인 노동시장 정책으로 불안정성을 낮추는
것을 핵심으로 볼 수 있다. 재원 마련 부분에서 실효성이 있냐는

비판이 있을 수 있으나 인하된 법인세 복귀와 부자 증세를 통해 재원을 마련할 수 있으며 노동시장에 할애하는 복지 예산을 단계적으로 확충한다면 이는 충분히 가능한 방법이 될 수 있다. 또한 실업기간 동안 실업보장금을 무분별하게 주는 것이 아니라 구직 노력과 행동에 비례하여 금액을 차등 지급한다면 참여도를 더욱 높일 수 있다.

취업과 창업에 대해 쌍방향적인 제도 및 정책 개선이 이루어진다면 OECD 국가 중 심각한 청년 실업문제를 겪는 우리나라가 청년실업 문제를 확실히 풀어낸 국가로 자리매김할 수 있을 것이다.

최고의 창업
- 파리를 독보적인 미식의 도시로 만든 '레스토랑'

　깔끔하고 근사한 공간과 테이블, 격식 있는 메뉴판, 세련된 매너를 갖춘 전문 인력의 서빙. 각자의 취향에 맞춰 정해진 가격의 요리를 사 먹는 현대식 레스토랑의 시초에 대해서는 여러 설이 있다. 1765년 파리에서 무슈 불랑제(Monsieur Boulanger)가 연 수프 가게에서 유래됐다는 설이 그중 하나다. 하지만 무슈 불랑제라는 인물은 역사 속에 존재하는 인물이 아니었다는 주장도 있다. 레베카 스팽 같은 역사학자는 18세기 중반 마튀랭 로즈 드 샹투아조(Mathurin Roze de Chantoiseau)라는 사람이 파리에 세계 최초의 현대식 레스토랑을 열었을 수도 있다고 주장한다. 또 1782년 앙투안 보빌리에(Antoine Beauvilliers)가 파리에 선보인 '그랑 타베른 드 롱드르(Grande Taverne de Londres)'가 본격적인 레스토랑의 효시라고 보는 견해도 있다. 까다로운 미식가였던 브리야-사바랭도 후한 평가를 내렸던 곳이다. 누가 진정한 개척자인지는 알 수 없지만, 몇 가지는 확실한 듯 보인다. 우선, 레스토랑은 원래 장소가 아니라 음식을 지칭하는 말이었다는 것이다. '회복시키다'라는 뜻의 프랑스어 'restaurer'에서 비롯된 레스토랑이라는 단어는 당시에는 위가 약한 사람을 위한 부용(bouillon, 고기, 생선 등을 끓여 만든 국물)을 일컬었다고 한다. 장소를 뜻하게 됐을 때도 제대로 된 식사가 아니라 주로 이 원기를 북돋워주는 국물을 마시기 위해 들르던 곳이었고, 19세기 초에 접어들면서 오늘날 우리가 익숙한 풍경이 떠오르는 꼴을 갖추게 됐다는 주장이 설득력을 지닌다. 브리야-사바랭은 단순히 식욕을 충족시키는 게 아니라 손님이 가게에 머무는 동안에 최대한 쾌적한 시간을 보내도록 하는 게 레스토랑 주인의 업무였다면서 이렇게 묘사했다.

"15~20프랑의 돈을 자유롭게 쓰면서 일류 레스토랑의 식탁에 앉을 수 있는 사람은 누구든지 왕후나 귀족에 버금가는, 아니 그 이상의 접대를 받는다."

실제로 돈이 있으면 누구나 '파인 다이닝(Fine Dining)' 레스토랑을 즐길 수 있게 됐다. 1789년 대혁명을 계기로 귀족 계층이 몰락하면서 그 밑에서 일하던 요리사와 일꾼도 실업자가 됐는데, 이들이 돌파구로 레스토랑을 열었다. 상업으로 부를 일군 부르주아 계층이 레스토랑을 찾으면서 하나의 문화 현상이 됐고, 파리는 적어도 19세기 중반 정도까지는 다른 도시에서는 좀처럼 볼 수 없는 독특한 미식 풍경을 누리게 됐다. 미국이나 영국에서 찾아온 여행자들이 레스토랑을 파리 특유

영화, '딜리셔스, 프렌치 레스토랑의 시작'(넷플릭스 제공, 2022년)

의 자산으로 기억했음을 보여주는 사료가 꽤 많다고 한다.

18세기 파리에는 카페도 엄청나게 성행했다. 특히 17세기 말 처음 파리에 생긴 이래 카페는 계몽주의 철학자를 비롯한 지성인이 모여 토론과 논쟁을 펼치면서 기존 권력을 비판하는 공간으로 자리 잡았다. 파리의 초기 레스토랑은 표면적으로는 카페와 비슷해 보였지만 실제로는 달랐다고 한다. 독일의 역사학자 크리스토프 리바트는 당시 레스토랑은 격렬한 논쟁이나 신문을 읽기 위해서가 아니라 원기를 회복하거나 자신의 예민함을 드러내려고 찾는, 사적인 성향이 더 강한 공간이었다고 설명한다. 특히 체계를 갖춘 훌륭한 식사를 미학적이고 지적인 활동으로 본 미식가들의 활약으로 레스토랑은 더욱 번성하게 되었다. 그 밑바탕에는 일자리를 잃어버린 귀족의 요리사들. 그들의 생존본능과 실력이 밑바탕이 된 것이다.[5]

18세기의 파리는 요리가 하나의 문화로 자리잡고 있었다. 프랑스 귀족들은 요리로 지루함을 떨쳐내기도 했고 권위를 드러내기도 했다. 하지만 평민들은 먹을 게 없어 늘 생존의 위협을 느껴야 하는 상황이었다. 주막이나 여관에서 간단한 음식을 제공하기도 했으나 거리에서 무얼 먹는 일은 거의 없었다.

파리의 요리사 망스롱은 다른 사람들에게 다양한 음식을 만들어 먹이는 걸 좋아하는 열정 넘치는 요리사였다. 새로 개발해 만든 메뉴(딜리셔스)로 인해 자신의 주인인 샹포르 공작에게 해고된다. 당장 먹고 살 것이 없었던 망스롱은 시골에 주막을 열었다. 그의 곁에서 도움을 주는 여자 루이즈가 나타난다. 둘은 여러 가지 메뉴도 개발하고 다시 공작에게 돌아갈 길

---

5) 출처 : 조선일보 style 2018. 10. 4일자

을 찾아보기도 한다. 공작에게 돌아가려는 시도는 실패하지만 망스롱의 주막은 독특한 맛집으로 소문이 나서 단골 손님이 점점 늘어난다.

그는 식당 인테리어, 손님 접대 방식 등에 더 신경을 써서 지금껏 보지 못한 새로운 식당으로 만든다. 시간이 지나자 그의 식당은 점점 더 문전성시를 이루고 다양한 기획을 하기도 하는데 샹포르와 함께 하는 무료 식사초대권을 나누어주게 된다. 식당 안팎은 손님들로 가득차고 루이즈와 망스롱은 입맞춤을 하면서 영화는 끝난다.

자막으로 며칠 후 바스티유 감옥이 함락되고 시대가 바뀌었다는 자막이 지나가고 쿠키 영상으로 루이즈와 망스롱이 밀가루 장난하는 장면이 지나간다.

16
5분,
해볼만한 시간

"엄마 있잖아. 가족사진 찍고 소개해야 돼."

동생의 기저귀를 갈던 엄마가 웃으며 대답했다.

"그럼 찍어야지. 이쁘게 나와야 할 텐데."

풋, 웃음이 나왔다. 못생긴 마녀는 사진을 찍으려면 거울을 몇 번이나 보고 화장을 해야 하는 줄 안다. 늘 슈퍼에서 동네 단골만 상대하다 보니 추리닝 차림이 익숙한데, 사진을 찍을 땐 낯선 손님을 맞이하는 것처럼 신경이 쓰이는 모양이었다.

"아빠랑 같이 찍을래? 따로 찍을래?"

마녀는 하하 웃었다.

"따로 찍어. 근데 누가 더 늙어 보이냐?

“비슷한데… 엄마가 조금 더 늙어 보여.”

마녀는 “그래?” 하더니 따로 찍겠다고 했다.

“좋은 카메라로 찍어야 멋있게 나오는데.”

“그냥 내 걸로 찍어.”

“싫어!”

“매를 번다, 매를 벌어. 그건 그 전화기는 누구 건데?”

“음, 아름이 폰.”

거짓말이다. 언제 들통날지 조마조마하다.

“왜 남의 걸로 찍고 그래?”

“그럼 어떡해? 안 그러면 수행평가 빵점 맞을 텐데.”

의기소침한 척, 살짝 곁눈질로 마녀를 본다.

“걔두 참 우정이 깊은 앨세. 다음 번 수행은 어쩐담?”

“그러게. 아무리 시험을 잘 봐도 수행을 망치면 성적이 안나와….”

“……”

새 폰을 사 주겠다고 할 것이다. 마녀는 안 다물어지는 입을 한 번 꼭 다물고 침을 꿀깍 삼켰다.

‘엄마, 미안. 새폰 사주겠다고 하면 돈은 통장에 고스란히 넣을게.’

사진 속 마녀는 활짝 웃고 있다.

아무리 봐도 마녀의 눈은 특별하다.

그래서 눈을 뺀 나머지 얼굴은 손을 좀 보기로 했다. 사자갈기처럼 사방으로 뻗친 머리카락은 잘 다듬어 찰랑거리게 만들고, 이마의 주름은 지우개로 지웠다. 입술을 붉게 하고 얼굴빛을 맑게 하자 뭔가 다른 사람이 된 것 같은 분위기가 풍겼다. 눈꼬리와 눈망울에서 따뜻한 기운이 아지랑이처럼 흘러나왔다.

독재자는 동생을 바라보고 있다. 동생은 동그랗고 맑은 눈으로 나를 본다. 독재자와 동생의 눈에서 같은 기운을 느낄 수 있었다.

'어둠의 마녀, 제멋대로 독재자, 똥 싸는 머리 꺼들러, 그리고 꼭지 아마조네스.'

뽀샤시 앱으로 근사한 가족사진이 완성되었다. 전혀 다른 사람들 같아서 오글거렸다. 하지만 나는 거침없이 직진하는 '전설의 아마조네스' 꼭지니까 오글거림쯤은 간단히 제압할 수 있다.

뿌듯한 마음으로 마녀에게 다가가다가 아차 싶었다.

'이럴 때일수록 경계해야 해. 얼마 후 엄마가 모든 걸 알게 되면 내 머리통과 등짝에 효자검을 휘두를 테니까. 엄마는 포효할 준비가 되어 있는 한 마리 호랑이, 아니 어둠의 골짜기를 지배하는 마녀잖아.'

그래도 지금 이 순간, 나의 멋진 폰 속에 들어온 우리 가족 사진은 최고다! 나는 국자쌤 이메일로 우리 가족 신문을 보냈다.

다음날, 역시 늦잠이다. 죽어라 달리면 학교 교문에 겨우 도착할 시간. 나는 치마 밑에 체육복 반바지를 입고 냅다 뛰기 시작했다. 치맛단이 펄럭여 속옷이 보이는 걸 신경쓰지 않아도 되기 때문이다. 집에서 출발해 3~4분 정신없이 달리다보면 나와 비슷하게 지각을 한 아이들을 만나게 된다. 머리를 감고 제대로 말리지 못해 물방울이 뚝뚝 떨어질 것 같은 아이, 운동화를 질질 끌며 가는 아이, 교복 와이셔츠 단추를 채 잠그지 못한 채 헉헉대며 뛰는 아이…. 학교에 가야한다는 강박으로 함께 뛰고 있는 동료들이다. 좀비떼처럼 같이 달리고 있는 아이들이 정겹다.

급한 와중에 D여고 앞에서 허리를 싸잡고 잠깐 쉬는 타임이 있었고 어느 날은 현타가 와 뛰기를 포기하는 때도 있었다. 몇 초 간발의 차이로 지각 벌점을 수두룩하게 받았었다. 회양목이 새파래진 D여고 담벼락을 짚고 서서 나는 매일 똑같은 고민을 한다.

등교 시간에 맞춰가는 게 이다지 힘들다면 굳이 숨을 참아가며 가야할 필요가 있을까? 그냥 내 맘대로 가면 안되나? 아니 생리라서 학교 못간다고 핑계를 대도 되지 않나? 무슨 생리를 한달 내내 하냐고 그러면? 내 자궁이 빵구가 난 걸 어쩌냐고 되받아쳐 주면 되지 않나? 그럼 우리 반 남자애들은 역차별이 어쩌고 그러면서 남자로 태어난 자신이 웬수라고 설레발을 칠 것이다. 꼴 보기 싫은 놈들.

아무튼 D여고 회양목 담벼락은 내 모든 고뇌가 집약된 현타의 공간이다. 사실 나와 아름이는 벌점의 여왕이었으므로 지각 따위에 별 자극을 안 받는다고 생각할 수도 있다. 특히 아가리는 벌점이나 수행 점수 따위 관심이 1도 없는 게 확실하지만 난 슬슬 내 미래가 걱정된단 말씀이다. 하긴 벌점 2점이면 간단한 교내 봉사로 털어버릴 수 있긴 했다.

하지만 오늘은 조금 달랐다. 미세먼지가 없는 푸른 하늘 덕분인지 그 사이로 비치는 맑은 햇살 덕분인지 그냥 걸어갈까하는 마음이 들지 않았다. 생각해보니, 소근개란 다크네임을 만났기 때문인 것 같다. 초라하고 보잘 것 없는 개라니… 긍정적인 마음으로 사회적 의미를 찾아가지 않았다면 자신의 가치도 모른 채 사라지고 말았을 것이다.

신호등 옆에서 정면을 바라보니 고등학교 교문이 열려 있었다. 마치 들어올테면 와보라는 듯 두짝의 문이 두 팔을 벌리고 있는 것 같았다. 고등학교 등교시간은 우리보다 1시간 가량 빨랐기 때문에 지금은 문이 닫혀 있어야 할 시간이었다.

외부 손님이라도 오는 걸까?

같은 재단의 고등학교였지만 아이돌 연예인이 몇 명 다니고 있어 가끔씩 웅성거리는 아이들이 몰려 있는걸 본 적이 있었다.

그때였다.

아름이와 내가 학교 매점으로 심부름하러 갔던 일이 떠올랐다. 우리는 보드마카를 사러 학교 매점에 갔으나 있을리 없다는 걸 알고 있었다. 기대 없이 쫀드기를 사먹으며 시간을 버릴 작정으로 간 거였다. 학교 매점에는 당연히 보드마카가 없었다. 매점 아주머니가 가끔 연습장이나 시험볼 때 쓰는 플러스펜 따위 문구류를 가져다 놓은 적도 있었으나 거의 대부분 조악한 먹거리를 놓은 채 부채질을 하고 있었다.

아줌마와 티카티카가 좋은 아름이가 이렇게 물어보았다.

"덥지도 않은데 왜 부채질을 하고 계세요?"

아줌마는 부채로 맞은 편을 가리켰다.

"지하라 습해서 그러지. 저쪽 고등학교 교문쪽에서 바람이 들어와야 좀 끕끕한 게 사라진단다."

"아, 매점이 중고등학교랑 다 연결되어 있었지."

우리는 마주보며 눈빛을 교환했다.

"보드마카를 사야하는데 고등학교 교문으로 나가도 될까요?"

"거기 큰 개들이 있어. 근데 고등학생들은 귀신같이 알고 꼬리를 흔들고 낯선 사람이 오면 엄청 짖는단다."

"우린 개들 잘 구슬러요."

아줌마는 입을 삐죽거리며 웃었다.

"왜 중학교 교문으로 가지 그래?"

"중학교 교문으로 나가면 문방구까지 담을 타고 한바퀴를 돌아야 하는걸요. 수업시간을 다 잡아먹어요."

"그럼 더 좋은 거 아냐?"

"어머, 섭섭한 말씀. 저희 범생이라구요."

"범생이 아닌 건 니 얼굴보면 다 알아."

아줌마는 아름이를 바라보며 시큰둥한 표정을 지었다.

"그럴 리가 없는데….'

"그럼, 한 번 가보든가."

"혼날까봐 그러죠."

"선생님 심부름이라고 그래. 개들 잘 피하고 수위 아저씨가 쫀드기 좋아하시니까 하나 드리고 부탁해 봐."

그래서 우리는 실내화를 신은 채 고등학교 교문으로 처음 가보았다.

고등학교 교문 옆에는 매점 아줌마 말대로 유기견 두 마리가 엎드려 눈을 지그시 감고 있었다. 늙은 개들은 한눈에도 축 쳐져 보였다. 행여나 큰 몸집을 울리며 짖어댈까봐 멀찌감치 떨어져 걸었다. 그러나 두 마리 모두 우리를 본체만체 오후 햇살에 낮잠을 즐기고 있을 뿐이었다. 수위 아저씨는 누군가와 전화 통화를 하고 있어 우리는 쫀드기를 까 먹으며 교문을 통과했다.

나는 치마를 내려 체육복 반바지가 치마단 밑으로 나오지 않게 하고 천천히 교문을 통과했다. 수위 아저씨가 물어온다면 매점에 들를 일이 있다고 둘러대야겠다고 생각했다. 그리고 덩치 큰 개 두 마리에겐 간식으로 챙겨온 과자를 던져주어야겠다고 생각했다. 아저씨는 없었고 개들은 오늘도 평화롭게 엎드려 있었다. 교문을 통과한 후 매점 쪽으로 부리나케 뛰어갔다. 매점 문은 아직 열리지 않았으나 중고등학교 통로는 훤하게 뚫려있었다. 1층 현관 앞에 내사랑 국자쌤이 복장 불량인 아이들을 혼내고 계셨다. 아직 지각생을 잡을 시간은 아니었다. 나는 갑자기 새로 알게 된 길로 3분이나 일찍 학교에 도착한 것이다. 막힌 콧속이 뻥 뚫린 것처럼 속이 후련해졌다.

"국자 쌤, 안녕하세요?"

나는 일부러 큰소리로 인사를 했다. 국자 쌤이 나를 돌아보면서 손을 흔들었다.

"어머, 민경아. 가족신문 근사하던데… 이렇게 잘 하려고 늦게 올린거구나?"

"그럼요. 만점 주실거죠?"

국자쌤은 엄지척을 하면서 고개를 끄덕이셨다. 나는 이 평화

로운 느낌이 너무 좋아지기 시작했다. 초라한 개라는 다크네임,
꼭지 아마조네스라는 다크네임, 분노의 아가리라는 다크네임이
다른 이름으로 바뀔 수 있다는 걸 알았기 때문이었다.

후기

　'미래의 나'는 누구에게나 중요한 관심사입니다. 특히 사회생활이 익숙치 않은 청소년들의 경우 미래란 기대 반 우려 반의 미지의 세계입니다. 오랜 시간을 청소년들과 소통하며 지내온 나는 아이들과 대화 중에 언뜻언뜻 드러나는 얕거나 깊은 불안감에 주목하게 되었고, 그 미지의 세계를 차근차근 밝혀준다면 아이들이 훨씬 가벼운 마음으로 걸어갈 수 있겠다고 생각했습니다.

　자료를 모으기 시작한지 6년의 시간이 흘렀고, 시작 지점의 마음은 변함 없지만 그 기간동안 오히려 나 자신이 많은 힘을 받게 된 것 같습니다. 나이와 상관없이 누구에게나 미래는 존재하기 때문입니다.

이 책을 쓰면서 나는 사랑스러운 꼭지와 아가리와 함께 거친 밭을 일군 느낌입니다. 여러 분야의 '무지'라는 돌덩이를 걷어내고 일구어낸 이 밭에서 좋은 열매들이 많이 열렸으면 좋겠습니다. 책을 쓰면서 너무 많은 분들의 도움을 받았고, 격려도 받았습니다. 특히 인터뷰에 응해주신 네모 작가님, 출간 기회를 주신 글라이더 출판사 사장님께 깊이 감사드립니다.

주인공 꼭지가 헉헉거리며 숨을 고르던 D여고 앞이 눈앞에 떠오릅니다. 뛰어오느라고 힘은 다 빠졌고 교문은 곧 닫힐 것만 같습니다. 앞이 깜깜합니다. 그 때 꼭지의 머리 위로 비추던 햇살, 시원한 바람, 그 전날 국자 쌤에게 들었던 칭찬이 들려옵니다. 이 책의 역할은 바로 그것입니다. 꼭지가 가방을 들쳐매고 다시 뛰기 시작하는 길, 꼭지는 전력질주하게 될 것을 믿습니다.

꼭지와 아가리, 그리고 이 책을 읽은 청소년들이 언제, 어디서든 주체적으로 살아갈 수 있음을, 혹은 살아가야 함을 깨달았으면 좋겠습니다. 자신을 믿고 걸어가다보면 어느 순간 새롭고 신기한 날들을 맞이할 수 있을 것입니다. 그 길을 열렬히 응원합니다!

도움받은 서적과 자료들

1. 교육부 한국직업능력개발원 설문조사 '초중고생 희망직업 선호도'

2. 네이버 인물검색 : 박서양 편

3. 중2 비상교과서 국어 '요리예술가'

4. 오마이뉴스 2009년 11월 30일자 기사 '가수지망생은 모두 날라리?'

5. 2020 신문으로 공부하는 말랑말랑 시사상식/시사상식연구소 저/시대교육

6. 새로운 미래 뭐하고 살까?/김승, 성기철, 이정아, 정동완 공저/미디어숲

7. 청소년이 꼭 알아야 할 2030 뜨는 직업 지는 직업/최정원 저/동아엠앤비

8. 십대, 뭐하면서 살 거야?/양지열 저/특별한 서재

9. 십대를 위한 미래 진로 교실/황윤하, 박기홍 저/푸른지식

10. TVN 유키즈 온더 블록 '유품정리사'편

11. 인공지능, 너 때는 말이야/정동훈 저/넥서스

다크네임 걸

초판 1쇄 발행 2026년 3월 25일

지은이 박윤우
펴낸곳 글라이더
펴낸이 박정화

편집 이고운
디자인 디자인뷰
마케팅 임호

등록 2012년 3월 28일 (제2012-000066호)
주소 경기도 고양시 덕양구 화중로 130번길 32 파스텔프라자 405호
전화 070) 4685-5799 **팩스** 0303) 0949-5799
이메일 gliderbooks@hanmail.net
블로그 https://blog.naver.com/gliderbook
ISBN 979-11-7041-184-0 (43810)